月光亭事件

太田忠司

引退した名探偵・石神法全の後を引き継ぎ探偵事務所を営む野上英太郎の元に，ジャンヌという名の猫を連れた少年が現れる。その少年，狩野俊介は将来探偵になることを志し，石神の紹介で野上を訪れたのだった。折しも事務所には大病院の院長からの依頼が舞い込む。導師と名乗る奇矯な男に深く傾倒してしまった妻の目を覚まさせるため，その男の化けの皮を剥いでほしい——最初は簡単な依頼と思って引き受けた野上だったが，その数時間後に眼前で奇怪な事件が勃発するとは，そのときの彼は予想だにしていなかった！　太田忠司を代表する人気シリーズが，装いも新たに創元推理文庫に登場。少年探偵・狩野俊介シリーズ第一弾。

登場人物

狩野俊介……探偵を目指す十二歳の少年
ジャンヌ……アビシニアンの子猫
野上英太郎……石神探偵事務所の現所長
石神法全……引退した名探偵
芙蓉明子……喫茶店「紅梅」の看板娘
豊川寛治……豊川病院院長
豊川信子……その妻
豊川春子……信子の前夫の連れ子。豊川家長女
豊川夏子……信子と前夫の子。豊川家次女
豊川冬子……信子と寛治の子。豊川家三女
東畑辰夫……信子の前夫。故人
滝田……豊川家執事
〈導師〉……信子が傾倒する謎の宗教家

島田昭彦……医大生
加島康…………夏子の友人。隆とは双子の兄弟
加島隆…………夏子の友人。康とは双子の兄弟
高森貴之………捜査一課警部。野上の友人
池田……………
武井……………捜査一課刑事。高森の部下
角田……………監察医

月光亭事件

太 田 忠 司

創元推理文庫

THE CASE OF GEKKOU BOWER

by

Tadashi Ohta

1991

目次

序章　一
第一章　猫と林檎と電報　一四
第二章　探偵志願の少年　二四
第三章　現われた依頼者　三三
第四章　豊川家に関する予備知識　四三
第五章　豊川家の人々　五七
第六章　月光亭の導師　七一
第七章　午前零時の惨劇　七九
第八章　磔にされた死体　九七
第九章　高森警部の訓戒　一一三
第十章　戸惑う父と冷静な娘　一二三

第十一章　遂に奇跡は起これり　一五〇
第十二章　導師の目論見　一七四
第十三章　女探偵出動す　一八九
第十四章　時間外捜査会議　二〇四
第十五章　隆の告発　二一七
第十六章　因果の子ら　二四五
第十七章　天福翁手鞠唄考　二六〇
第十八章　月光亭の秘密　二七〇
第十九章　驚くべき真相　二九五
終　章　三一一
解　説　はやみねかおる　三一七

月光亭事件

序章

石神《いしがみ》さん――。

早いもので、石神さんが引退してもう一年になる。

袴山《はかまやま》のあたりは、もう春だろうか。石神さんの家――ああ、庵《いおり》と言うんだったね――のまわりでは、菫《すみれ》の花が咲いただろうか。

こちらはまだ冬のままだ。都会に吹く風は、乾いている。高層建築の間から見える空は、晴れていても青がくすんでいる。石神さんの好きだった新星公園の花壇も、まだなんの芽生えも見せていない。

そして私は、相変わらずだ。

この探偵事務所を任された当初は、正直言ってまるで自信がなかった。名探偵石神法全《ほうぜん》の助手として四半世紀の間勤めてきたとはいえ、私は結局のところ石神さんの指示で走り回っているだけの、単なる手足でしかなかった。

だから石神さんが引退すると言った時、私もまたこの仕事を辞めようと本気で思ったものだ。

だが、結局私は辞めなかった。

他にやりたい仕事があるわけでもなかったし、なにより私は、探偵という仕事が好きなのだ。

石神さんと一緒に解決していった様々な事件は、ひとつひとつ私の中で鮮明に残っている。

私は石神法全の活躍を克明に記録していった。今それを読み返すと、当時の興奮が鮮やかに蘇《よみがえ》ってくる。

覚えているだろうか、『サロメの首』事件を？『氷の天使像』事件を？そしてあの凶悪な殺人鬼『夢男』を？

命がけで取り組んだこれらの事件は、しかし今振り返ってみれば、胸躍る経験でもあった。

一度こうした冒険にかかわってしまうと、もうその魅力から逃れることはできないようだ。

いつだったか、石神さんが言ったことがある。

――犯人と探偵は、表裏一体なんだよ。立っている場所が違うだけで、同じ人間なのさ――

本当にそうなのかもしれない。犯罪捜査に身を挺《てい》しながら、私はいつしか犯罪の虜《とりこ》になっていたのかもしれない。

石神さんという人間に巡り合っていなければ、私は犯罪者の側に立って石神さんと対決していたかもしれない。

いや、仮定の話はやめよう。

とにかく私はこの一年、ずっとひとりでやってきた。今更助手やら秘書やらを置く気にはなれなくて、捜査から書類作成、請求書作成まで自分でやっていたのだ。

ところが不思議なもので、石神さんが引退すると、まるで好敵手をなくしてがっかりしてしまったかのように、事件も少なくなってしまった。たまにあっても、私が一日歩き回るだけで解決してしまうような単純なものが多い。おかげで随分暇になってしまったが、比較的楽に事件を処理できたので、私は石神探偵事務所の看板を汚すような失態を演じることもなかったわけだ。

しかし心躍るような事件に出会えなかったことも事実だ。私は事件の記録も残す気にはなれなかった。なにかとびきりの事件があったら石神さんにその経緯を報告すると言ったのに、今日までその約束を果たすことはできなかった。さぞかし石神さんは「野上《のがみ》の奴、何をやっているんだ」と怒っていただろう。

しかし今、私はここにひとつの事件を報告することができる。

それはとても奇妙で、そして恐ろしい事件だった。犯罪はきわめて巧妙で、大胆だった。私ひとりでは、到底解決できなかっただろう。

今回もまた、私は石神さんの力を借りたことになるのかもしれない。石神さんが寄こしてくれた愛すべき友人の手助けがなかったら、この事件は解決しなかったかもしれないからだ。

もう既に、彼から話は聞いているだろう。しかし私は彼に敬意をこめて、この事件の経緯を一篇の物語として石神さんに語ろうと思う。かつて名探偵石神法全の活躍を語ったように。

まずは、彼がこの事務所のドアを叩いた時から、話を始めよう――。

第一章　猫と林檎と電報

その日、私は少しばかり不機嫌な朝を迎えた。いつも朝食をとる喫茶「紅梅《こうばい》」が臨時休業していたからだ。

しかたなく十分ほど歩いた先にある「峰」に行き、トーストにベーコンエッグを注文した。だが、出てきたベーコンはまるで焼きかたがなっていなかった。いつも「紅梅」の主人が焼いてくれるかりかりのベーコンに親しんだ私には、生《なま》同然の柔らかさがどうにも我慢できず、結局半分残して出てきてしまったのだった。

事務所に戻った私は自分で珈琲《コーヒー》をいれ、窓際の椅子で朝の風景を見ながら飲んだ。

ベーコンのことがなければ、とても気持ちのよい朝だった。前日まで冷たい雨に降られていたのが、その朝はきれいに晴れあがり、しかも陽射《ひざ》しは暖かだった。まるで一気に春がやってきたような、そんな陽気だった。

街を行く人々もいつもは俯《うつむ》きかげんに歩いてゆくのが、その日は行く先になにか楽しいことが待っているかのように、心なしか足取りが軽いように見えた。

見ているうちに、私の不機嫌も少しずつほぐれてきた。残った珈琲を飲み干すと、私は石神法全から譲り受けた書斎机の前に座り、今日の予定表を広げた。

何も、入っていない。

それは前からわかっていたことだ。田宮《たみや》邸で起きた盗難事件は、昨日解決した。使用人が起こした盗難を、三日以上かけて捜査する探偵がどこにいるだろう。私は一日半でそれを解決したのだった。

だから、今日は何も予定がない。

こんな気持ちのいい日に、しなくてはならない仕事が何もない、というのは気持ちよいものだ。私は貴重な今日一日をどうやってすごそうか、とあれこれ考えた。いっそのこと事務所を閉めて、新星公園に行ってもいい。まだ花は咲いていないだろうが、暖かい陽射しを浴びるのにあの公園のベンチほど相応《ふさわ》しい場所はない。

思い立ったら、もう出かけてみたくなった。私は脱いだばかりのコートと帽子を取り、部屋を出ようとした。

扉を叩く音がした。

遠慮がちな、小さな音だった。その音はちょうど私の胸の高さから聞こえてきた。

私は長年の勘から、扉の向こうにいるのは小柄な妙齢の女性で、胸に秘めた悩みを如何《いかん》ともしがたくこの探偵事務所を訪れたのだが、心の中ではいまだにその悩みを打ち明ける決心が固まっておらず、それ故に扉を叩く力にも勢いがないのだ、と推理した。

「少しお待ち下さい。今開けますので」

私は相手に安心感を与えるように、静かで自信に満ちた口調を崩さずに言った。コートと帽子は再び洋服掛けに戻し、壁に掛けた鏡で髪を直した。暖かい陽射しに包まれた公園のベンチがふと頭に浮かんだが、私はその光景に眼をつぶった。

扉の前でもう一度背筋を正し、咳払いをひとつして扉を開けた。

「やあ、いらっしゃ――」

私の前に立っているのは、ひょっとしたら妙齢の女性かもしれなかった。しかし彼女が私に事件を依頼しに来たとは、どうしても思えない。この世の中に、探偵に捜査を依頼する猫などいるとは考えられないからだ。

そう、扉の前にいたのは、一匹の猫だった。

猫に関していささか知識を持っていた私は、その猫が所謂《いわゆる》アビシニアン種、それもアビシニアン・ルディと呼ばれる種類であることを一瞬のうちに看破した。煉瓦《れんが》色の短毛に覆われた肢体はほっそりとして品がよく、私の方をじっと見上げる顔は丸みをおびて愛くるしい。耳は大きな三角形に立ち、きれいに揃えた四肢《しし》に長い尾が襟巻きのように巻きついていた。

私はその奇妙な来訪者の可愛さに思わず頰を緩めながらも、先程のノックの主がこの猫であったのかどうか、訝《いぶか》しんでいた。ノックは間違いなく私の胸の高さでしていた。この猫の仕業だとすると、彼女（または彼）は飛び上がって扉を蹴ったとしか思えない。しかしどうして、そんなことをしたのだろうか。私はひょっとして猫がじゃれつくような物でも張りついてはいないか、と扉の外側を見てみた。しかし「石神探偵事務所」という看板以外には何もなかった。と、その時、扉の反対側で物音がした。何かが落ちるような音だ。続いて私の足元に一個の林檎《りんご》が転がってきた。

林檎についてもいささか知識のある私は、それが紅玉《こうぎょく》という品種であることをすぐに思い出した。最近の新種に比べると酸味が強いが、私の好みの味である。

だがしかし、と、ここに林檎が出現した理由について私が考察しようとする前に、その林檎を追いかけて扉の陰から飛び出してきた者があった。

その子は大きな紙袋を抱えていた。その袋の端が破れて、またひとつ紅玉が転がり落ちた。

「あっと、いけない！」

その子は慌てて落ちた林檎を拾おうと身をかがめた。

「危ない！」

と私が叫ぶ前に、紙袋から一群の紅玉が脱走を図った。

たちまち事務所前の舗道に赤い玉が散乱してしまった。

「わ、わ、わ！」

林檎の持ち主は慌てふためいて逃げ出す紅玉を追いかけた。私も何がなんだかわからないままに林檎を拾い集め、懐に抱え込んだ。

見ると、先程のアビシニアン・ルディは転がった林檎のひとつにじゃれついている。

林檎を落とした子は必死になって林檎を拾うと、元の紙袋に押し込もうとしている。だがその袋は既に破れているので、入れた後からまた転がり出てしまった。

「それじゃ駄目だ。ちょっと待っていなさい」

私は事務所に飛び込むと、書店が注文した本を発送するのに使った段ボール箱を持ってきた。それに林檎を放り込むと、なんとかすべての紅玉を回収することができた。

ふと気づくと、何人かの通行人が立ち止まって面白そうにこちらを見ていた。私はあまり探偵としての威厳を損なわないように平然とした態度で立ち上がり、騒動の主をあらためて見た。

それは、十代前半くらいの少年だった。少し皺《しわ》の寄った黒のスーツに黒の短靴、そして黒いハンチング帽をかぶっていた。

「どうも、すみません」

少年は丁寧に頭を下げた。元気で張りのある声だった。大きな瞳が表情豊かに輝いている。

「いや、いいんだよ。林檎の方も別段傷がついた様子もなくて良かった。時に、これは君の猫かね?」

私は私の方を見つめているアビシニアンを指差して言った。少年はにっこり笑って、

「はい、ジャンヌといいます」

「ジャンヌか。女の子なんだね?」

「ええ、まだ五ヵ月の子供なんだけど」

すると扉を開ける前の推理も、そこだけは正解だったわけだ。

「今、扉を叩いたのは、ジャンヌかな？　それとも……」

「僕です。扉を叩いたら林檎が落っこちそうになって、それで壁際で詰め直していたんです」

単独犯と断定したところに、私のミスがあったようだ。

「なるほど。で、君は？」

「僕、狩野俊介《かのうしゅんすけ》です。はじめまして」

狩野と名乗った少年は、私に手を差し出してきた。私は少したじろぎながらも、その手を握った。

と、少年は不審そうな顔になって、

「あの……、僕のこと、聞いていらっしゃらないんですか？」

「君のこと？　誰からかね？」

「石神先生からです」

「石神って、石神法全さんかね？」

「ええ、先生から電報が届いていませんか？」

少年は心配そうに訊いた。

「いや、そんなものは届いていないが……」

「そうですか……」

と少年が困ったように顔を俯けた時、まるで出番を待っていたかのように郵便配達員が赤い単車に乗ってやって来た。

「電報っす」

若い配達員から受け取ってみると、それは石神法全からのものだった。

「なんだ、きっとこれが君の言っている電報だよ。出すのが遅れたんだ」

私が言うと、少年は少し考えるようにして、

「そうみたいですね。先生、昨日のうちに電報を送ると言っていたけど、少し遅れたのかな。でも先生だけが悪いんじゃありません。遅れた一番の理由は、配達している人のせいですよ」

その言葉に、帰りかけていた配達員が振り返った。

「なんだって？　俺が何したって言うんだよ」

よく見ると、あまり品性の良い男ではないようだ。ただでさえ細い眼を更に細くして、威嚇《いかく》するように少年ににじり寄ってきた。

私は慌ててとめようとしたが、少年は落ち着いた態度で男に言った。

「だって、お兄さんがユリさんの所で油を売っていたから遅れたんでしょ？」

それを聞くと、配達員はぎょっとした。

「ど、どうして百合子《ゆりこ》のことを知っているんだ、おまえ……」

「知りません。でも、わかったんです」

少年は言った。

「お兄さんの服から少し香水の匂いがします。女性用の香水の匂いです。だからついさっきまでお兄さんは女の人に会っていたんだと思ったんです」

「しかし、名前まで……」

「お兄さん、帽子の横にブローチつけてるじゃないですか。それもユリの花のを。それは女性用のブローチでしょ？　だからそれは、たぶんお兄さんの大切な女の人に関係のある物だろうと思ったんです」

私は少年の説明を聞きながら、内心舌を巻いていた。とんでもない子だ、これは。

言い負かされた恰好の配達員は拳を固めて少年に詰め寄った。私はさりげなくその間に入った。

「まあ、いいじゃないか。とりあえず電報は届いたわけだし。君もこの子の推理に反論はできないんだろ？」

「…………」

配達員は無言で肯定していた。

「だったらこれからは気をつけてくれよ。今回のような電報ならともかく、一刻を争うような内容だったら、それこそ責任問題だからね。さあ、まだ仕事は残っているんだろ？」

私が言うと、配達員はかすかに頭を下げ、単車に乗って去って行った。

「ごめんなさい、迷惑かけて」

少年が私に謝った。

「先生だけが悪いと思われたくなくて、だから言っちゃったんです」

「いいんだよ、別に。あの男が仕事をさぼっていたのは、たしかだったわけだからね」

「でも、仕事中にわざわざ会いに行くのは、きっと普通の時間では会えない相手だからだと思います。僕、余計なことを言っちゃったような気がする……」

「そんなことを気にしてはいけないよ。たとえどんな理由があるにせよ、仕事を放り出してしまうのは良くないことなんだからね」

少年を宥《なだ》めながらも、私は彼の年齢に似合わぬほどの洞察力に驚嘆していた。

私は電報を開いた。


――二月二十四日午前中に、私のもっとも新しい友人である狩野俊介君がそちらに到着する。君を頼って行くはずだから、もうしわけないが一週間ほど泊めてあげてほしい。なかなか面白い子だから、きっと君とも話が合うと思う。なお、お礼と言ってはなんだが、私の果樹園でとれた林檎を持たせたので、味わってくれたまえ。去年採れたものだが、まだまだうまいよ。

石神

「君は石神さんの友達なのかね?」

私が尋ねると、少年は元の明るい顔に戻って、

「はい、石神先生は僕の一番大好きな友達です」

と、元気な声で言った。

「なるほど、石神さんの友達なら、私の友達だ。歓迎するよ」

私が言うと、少年はほっとしたような表情を見せた。きっと心の中では緊張していたのだろう。私はなんだか微笑ましくなった。

「ここで立ち話もなんだから、事務所に入らないかね。この林檎をむいてあげよう。もちろん、ジャンヌも一緒においで」

私はそう言って、少年と猫を招き入れた。

これが、私と狩野俊介、そして猫のジャンヌとの出会いであった。

第二章　探偵志願の少年

私は林檎を剝くのが好きだ。最初から最後まで皮を切ることなくきれいに剝けた時には、すこぶる愉快な気分になる。

俊介に林檎と紅茶を差し出した時、だから私はとても気分が良かった。

俊介はいただきますと言って紅茶に口をつけた。

「あ、この紅茶、先生の所で飲ませてもらったのと同じですね」

「よくわかるね。そう、これは石神さんの好みでね、紅茶はこれしか飲まないひとなんだ。やはり向こうでも習慣は変えていないわけだな」

「はい、先生は僕が遊びに行くと、いつもこの紅茶をいれてくださいます。それと健養堂のクッキーも」

「ほう、健養堂のクッキーまで。わざわざここから取り寄せているんだね。相変わらずだなあ」

私は引退しても自分の好みを変えない、石神法全の頑固さが嬉《うれ》しかった。

「君、歳は？」

「今年で十二歳になりました」

「石神さんとはどういう知り合いなのかね？　友達と言っても、いささか年齢差が大きいようだが」

「僕、石神先生に助けていただいたんです」

俊介は林檎を頬張りながら言った。

「学校でおかしな事件が起こって、教頭先生が殺されてしまったんです。それで校長先生に依頼された石神先生がおいでになって、犯人を見つけられました。そして危うく犯人に殺されそうになった僕を、命がけで助けてくれたんです」

「ほほう、引退したつもりでも事件の方で石神さんを放っておかないようだな。しかし、どうして君は犯人に殺されそうになったのかね？」

私が聞くと、俊介は何でもないように答えた。

「それは、僕の方が先に犯人を見つけてしまったからです」

「なんだって？　石神さんより先に？」

「はい、それで警察に知らせようとしたのを犯人に気づかれて、もう少しで校舎の屋上から突き落とされるところでした」

私は唸《うな》ってしまった。あの石神法全を出し抜いてしまうとは、なんという少年だろう。先程の郵便配達員についての推理といい、やはりただ者ではないようだ。

「なるほど、それから石神さんと友達になったわけだね」

「はい、毎日先生のお宅にお伺いして、先生が解決した事件のお話を聞いたり、この街のことを聞いたり。あ、野上さんのこともよく聞きました」

「私のことを？」

「はい、先生は『私の人生でもっとも幸福だったのは、野上英太郎《えいたろう》という優れた友人を持てたことだ』とおっしゃっていました。それで僕も『野上さんってどんな人だろう』って思っていたんです」

なんだか面映《おもは》ゆい言葉である。しかしこの少年にお世辞を言っている様子はない。私は世界的名探偵にそんなにも信頼されていたことをあらためて知り、いささか涙腺が緩くなりかけた。

「それで、この街には遊びに来たのかね？　それとも何か用事でも？」

私が尋ねると、俊介は急に居住まいを正して、

「僕、野上さんにお願いがあって来ました」

「私に？　何かな？」

「僕、探偵になりたいんです」

今までとはうって変わった真剣な眼差しだった。

「石神先生や野上さんみたいな、立派な探偵になりたいんです。どうしても、なりたいんです」

「…………」

私は彼の気迫にたじろいでしまった。

「それで僕、先生に相談したんです。そしたら『まだ若いから急ぐこともないが、どうしてもと言うなら、一度探偵の仕事を経験してみるかね？』と言ってくださって、一週間ほどこの街で野上さんの仕事を見学するようにおっしゃったんです」

「……そうか……、ううむ……」

俊介は心細そうに私を見つめていた。

「……駄目でしょうか？」

「いや、駄目ではないのだが……」

私は正直言って、困惑していた。石神法全が引退してからずっと、私はひとりきりでやってきた。人に探偵法を教えるなんて、考えてもいないことなのだ。ましてや相手は子供である。一体何をどう教えたらいいのだろう？　しかし、眼の前にいる少年の真摯《しんし》な態度を見ていると、断ることもできなかった。

「はっきり言って、私は人に探偵法を教えるほど偉くはないよ」

私は重々しい態度を崩さず、慎重に言葉を選びながら、言った。

「そういうことなら、石神さんについていた方がよほどいい。私だって石神さんに教えてもらったことを忠実に守っているだけなんだからね」

俊介は私の言葉を一言も聞き逃すまいとしていた。

「それに、今のところこの街では、それほど犯罪が起きていない。あまり勉強にはならないかもしれないよ」

と、そこで私はふっと表情を緩めて、言った。

「それでいい、と言うなら、一週間ほどこの街で遊んでいってもいいがね」

俊介の表情がみるみる明るくなった。

「ありがとうございます。僕、野上さんの邪魔にならないように頑張ります」

俊介はぺこりと頭を下げた。

「住むのは私の家でいいね。独り暮らしでちとむさ苦しいが、君を泊める余裕はある」

「はい、結構です。……あの、それで……」

と俊介は、横で丸くなっているジャンヌを見ながら、

「猫は、お嫌いですか？　だったら僕……」

「大丈夫、私は蜘蛛《くも》と蛇以外の生き物なら、抵抗はないよ。こんな美形のお嬢さんなら、大歓迎だ」

美形という言葉に反応したのか、ジャンヌが顔をあげて私を見た。深みのある緑色の瞳が、美しく輝いていた。

「ジャンヌはいい子です。ちゃんと下《しも》の躾《しつけ》もできてますから。僕が責任を持って世話します」

俊介は顔を真っ赤にして私に説明していた。興奮を隠し切れない様子だった。よほど探偵という仕事に憧《あこが》れを持っているのだろう。私はかつて同じような憧れを抱いて、この石神探偵事

務所の扉を叩いた時のことを思い出した。

もっともあの時の私は、もう二十歳だったが。

「しかし、一週間もここにいて、学校の方はいいのかな?」

私の問いに、俊介は答えた。

「大丈夫です。校長先生にお願いして、一週間分の宿題と引換えに休みをもらいましたから」

随分とおおらかな学校らしい。

「しかし、御両親は心配してないかね?」

私が訊くと、俊介はさり気なく、

「僕、両親がいませんから」

と言った。

「え?」

「孤児なんです」

まるで自分の身長を聞かれて答えたかのように屈託なく、俊介は答えた。かえって私の方が恐縮してしまったくらいだ。

「そうか……、それは悪いことを聞いてしまったな、すまない」

「いえ、そんなことまるで気にしてませんから。僕には石神先生とジャンヌがいるし」

そう言って、俊介はジャンヌの頭を撫でた。ジャンヌは眼を細めて俊介にすり寄ってきた。

立派な子だ、と私はますます感心した。

「よし、それではこれから一週間よろしく頼むよ」

私はあらためて手を差し出した。

「こちらこそ、御世話になります」

俊介は私の手を握り返してきた。小さいが、しっかりした手の感触が伝わってきた。と、不意にジャンヌがテーブルの上に登って、まるで意図したかのように、ふたりで握手をしている上に自分の前脚を置いた。

「おお、ジャンヌもよろしくな」

私は笑わずにはいられなかった。

「しかし、石神さんも人が悪いな。こんなことなら予《あらかじ》め教えてくれたらよさそうなものなのに。せめて電話くらい……」

「先生、電話がお嫌いなんです」

「ああ、そうだったな」

石神法全の電話嫌いは有名である。相手の見えない状態で人と話すことを極端に嫌ったのだ。だから連絡は手紙だけ、緊急を要する時でも、電報しか寄越さない。だから先程のような支障が起きてしまうのだ。

それがいかにも石神さんらしいところではあるが。

「さっきも言ったように、最近この街ではあまり探偵を必要とするような事件が起きてないんだ。だからまあ、あまり期待しないでくれよ。もしかして、ずっとぶらぶら——」

私の言葉が終わらないうちである。

扉を叩く音がした。

「ぶらぶらしなくても、いいみたいですね」

俊介が笑った。

第三章　現われた依頼者

扉を開けて入ってきたのは、藍色のコートに身を包んだ長身の紳士だった。

「こちらは石神探偵事務所ですかな？」

深みのある声で紳士は尋ねた。

「そうです。私はここの所長をしております野上英太郎と申します」

「所長は石神法全氏ではないのですか？」

「石神は去年引退いたしまして、今では私が跡を継いでおります」

私の言葉を聞くと、紳士は少し当てがはずれたような表情になった。

「左様ですか。私は石神先生の評判を聞いて伺ったのだが……」

よくあることだ。名探偵石神法全の名声に頼ってやって来る客は、いまだに多い。そして彼らは私が現在の所長であると知ると、一様にがっかりする。しかしそんなことで落胆していては、この事務所を引き継いだ意味がない。私は自信に満ちた態度で紳士に対した。

「この事務所がいまだに石神の名を残しているのは、私が石神法全の実績と実力をも完全に受け継いでいるからです。でなければ名探偵であり私の師でもある石神法全の名を汚すことになりますのでね。ですからこの事務所の力量に関しては、安心していただいて結構です」

「なるほど……」

紳士はしばらくの間、私を値踏みするように見つめていたが、やがて納得したように頷くと、

「それでは、ひとつ相談に乗っていただけますかな？」

と言った。逡巡《しゅんじゅん》することが嫌いな人物であるらしい。

「よろしいですとも。では、こちらにどうぞ」

いつものとおりに応接セットに案内しようとして、私はテーブルの上が散らかったままであることを思い出した。

しかし振り向いた私は驚くと同時に安堵した。紅茶も林檎もきちんと片づけられ、テーブルはきれいに拭いてある。俊介とジャンヌの姿も消えていた。

なかなか気のつく子だ、と私は頼もしくなった。

紳士はきびきびした動作で事務所の中に入り、コートを脱ぐとソファに座った。私は向かい側に座り、相手をじっくり観察した。

年齢は四十半ばだろうか。随分痩《や》せている。しかし病的な感じはしない。むしろ隠しきれないほどの活力が、その痩身《そうしん》から迸《ほとばし》っているように感じられた。それは恐らく、眼力のせいだろう。彫りの深い顔立ちの中で、いささか奥目ではあるが鋭い光を宿した瞳であった。彼はた

ぶん、壮年実業家であろう、と私は推測した。

「申し遅れましたが、私はこういう者です」

紳士は名刺を取り出して私に示した。

『豊川《とよかわ》病院院長　医学博士　豊川寛治《かんじ》』

「ほう、お医者さんでいらっしゃる……」

下手な推理を披露しなくてよかった、と私は内心胸をなでおろした。どこが実業家だ。

「たしか、豊川病院と言えば、かなり古くからやっていらっしゃいますね」

「はい、江戸時代に藩の御典医をしていた頃から数えて、もう六代に亘って医師をしております」

「それはまた、素晴らしい御家系ですな。それに今では、このあたりでも最も大きくて設備の整った病院として有名でしょう。私も二度ほど風邪で御世話になったことがあります」

「恐縮です」

豊川氏はあまり恐縮していないような口調で言った。

しかしこれはお世辞ではない。評判を聞いて本当に私も行ったことがあるのだ。ただし、看護婦の態度があまりにも横柄なので、もう行く気にはなれないのだが。

「で、御用件と言うのは？」

私は単刀直入に話を進めた。依頼人の中には探偵に相談するというのが躊躇《ためら》われて、なかなか本題に入れない人がいる。そういう場合には私も無駄話で時間を潰して、相手の気持ちをほぐすようにしている。しかし豊川氏の場合は、余計なお喋《しゃべ》りは不必要だと判断したのだ。

「それが、少し我が家の恥を晒《さら》すことになるのですが……」

と前置きして、豊川氏は話し出そうとした。

その時、俊介がお茶の盆を持ってやってきた。今まで奥で用意をしていたらしい。

「これは私の助手で、狩野俊介といいます。まあ、助手と言ってもまだ駆け出しでありますがね」

俊介はお茶を配り終えると、盆を抱えたままお辞儀をした。豊川氏はお辞儀を返しながら、少し困ったような顔をしていた。

「ああ、ご心配なく。彼も立派なうちの所員ですので。秘密などは絶対に厳守いたしますから」

「はあ……」

豊川氏は内心ここに来たことを後悔しているのかもしれない。そんな表情が窺えた。なに、かまうものか、と私は思った。

「ではあらためて、お話をお聴きしましょうかな?」

「……わかりました。しかしくれぐれもこの話は内密に願います。実は私の妻のことなのです――」

と豊川氏が話したのは、彼の妻に関する奇妙な話だった。

豊川氏の夫人は、信子《のぶこ》という。年齢は豊川氏より六歳年上の五十歳。彼女は豊川氏とは再婚で、一度ご主人と死別しているそうだ。もともとは尼子《あまこ》財閥という戦前この街を牛耳《ぎゅうじ》っていた一族のひとり娘で、戦後の財閥解体によって資産のほとんどを失ったものの、いまだに多くの企業と土地が彼女の名義で保有されているという。

信子には三人の娘がいる。前夫の東畑辰夫《ひがしばたたつお》の連れ子である春子《はるこ》、辰夫との間に生まれた夏子《なつこ》、そして豊川氏との間に生まれた冬子《ふゆこ》である。みなそれぞれに——豊川氏の言うところによれば——美しく成長し、豊川家は仲良く幸せに暮らしていた。

ところが、そこに思わぬ陥穽《かんせい》が生じた。

信子が妙な宗教に凝り出したのだ。それを宗教と呼ぶべきかどうか、豊川氏の話だけでは何とも判断できないが、信子は素性の知れない「導師」なる人物に傾倒し、ついには自宅に彼を引き入れ、毎日毎日その教えを受けるのだと言っては「導師」の部屋に入りびたっているのだと言う。

「妻は、決して淫《みだ》らなふるまいをしているわけではありません」

豊川氏は自分に言い聞かせるように言った。

「しかし、このままではあらぬ噂が立ってしまいます。そうなってからでは遅いのです。それまでになんとかして、あの導師とやらの化けの皮を剝《は》いでやらねばならんのです」

「なるほど……」

私はしかつめらしく頷いた。

「それで私にその導師の正体を暴けと、そういうわけですな?」

「そのとおりです。やっていただけますか？　報酬でしたら、そちらのご要望どおりにお応えする用意があります」

「そうですな……」

私は考えるふりをした。別段難しい仕事とも思えなかったが、こういう場合、一応勿体《もったい》ぶるのが得策である。相手に自分の権威を印象づけるためには必要な演技なのだ。

「とりあえず、現在手がけているのがけっこう難事件でして、それを片づけないとご依頼をお受けする余裕ができないのです」

と、まず私は虚勢を張った。

「それは、いつごろ終わりそうですか？」

「さよう、あと一日で解決できますな」

虚勢の上に虚勢を重ねる。これ以上やるとさすがにしつこいが。

「明日であれば、豊川さんの問題について協力することができるでしょう」

「けっこうです。その方が私としても都合が良いのです」

豊川氏は言った。

「今日は私も病院の回診日になっておりまして、これからすぐにも行かねばならんのです。夜は夜で、他の仕事を抱えておりましてね。しかし明日であれば、一日ゆっくりできます。なんでしたら、明日は我が家に泊まっていただけませんかな？　そうすればあの贋《にせ》導師の化けの皮を剝ぐのも、手っ取り早いでしょうからな」

「その方がいいかもしれませんな。その導師という人物がお宅に住み込んでいる、というのであれば、私たちもずっとついて観察する方が賢明でしょう。ただ、ひとつ条件があります」

「条件、と言いますと？」

「私の助手も同行させたいのです。それから猫もね」

「猫？」

豊川氏は面食らった様子だった。

「はい、私は猫を飼っておりましてね、別々になるわけにはいかんのですよ。もちろん、お宅にご迷惑はおかけしません。この助手に責任持って世話をさせますので」

「はあ……」

豊川氏は不満顔であった。ひょっとしたら猫嫌いであったかな、と私は少し不安になった。ちょうどいい機会だから俊介に勉強してもらおうと思っていたのだが。

その時である。部屋の奥からジャンヌが顔を出した。

とたんに豊川氏の顔がほころんだ。

「おお、これはかわいい猫だ」

豊川氏はジャンヌの頭を撫でようと手を伸ばした。ジャンヌはあまり邪険でない程度にそれを避け、俊介の足元に擦り寄ってきた。

「我が家でも昔、猫を飼っていたのです」

拒絶されたことに気づいていないのか、豊川氏はジャンヌを眼で追いながら、言った。

「もう五年も前ですが、老衰で死にまして。それ以来、妻は死に別れするのが辛《つら》いから、と言って生きものは飼っておらんのですよ」

「なるほど」

私は頷きながら、俊介の方を見た。俊介はジャンヌを抱き上げながら、私にだけわかるように片眼を閉じて見せた。

「どうですかな? 私たちの条件はお受けいただけますか?」

私が重ねて尋ねると、豊川氏は頷いた。

「けっこうです。むしろ猫を見れば、妻もあなたがたに心を許すかもしれません」

「ありがとうございます。それで、私たちをどういう名目でお宅に泊めるおつもりですか? 単刀直入に導師の正体を暴くために、では問題でしょう」

「いや、それはある程度はっきり申すつもりです」

豊川氏はきっぱりと言った。

「野上さんには私の友人として来ていただきます。しかし野上さんが探偵であることは隠すつもりはありません。私が探偵を連れてきたと言えば、あの導師も私の意図を理解して、自分から白状するかもしれませんからね」

「なるほどね……」

そんなに簡単にゆくかどうか、私には疑問であったが。

「ところでその導師とやらですが、素性とかはまるでわからないのですか?」

私が尋ねると、豊川氏は首を振った。

「わかりません。実は既に他の探偵に導師の素性を調べさせたのです。しかし彼の本名さえわかりませんでした。たぶんどこか遠くから流れてきたにちがいないのです」

「そうですか……。で、その導師はどんな宗派なのですかな？　キリスト教ですか？　仏教ですか？」

「さあ、私にはあいつの言っていることはまるで理解できないし、しようとも思ってませんので、覚えてもおりません。ただ、いつもはインドの修行僧のような恰好をしていますがね」

インドの修行僧か。何となく胡散臭い。

「わかりました。やはり委細は直接その導師に会ってからになりますな。では明日お宅にお伺いしましょう。何時頃がよろしいですかな？」

「そうですね。正午頃に来ていただけますか。昼食を御一緒していただいて、そこで家族の者に引き合わせますので」

と、豊川氏は腕時計に眼をやって、

「おや、もうこんな時間だ。私は仕事がありますので、これで失礼します。では、くれぐれもよろしく」

そう言うと豊川氏は、そそくさと出ていってしまった。

扉が閉まると、俊介は僕に笑顔を見せた。

「ありがとうございます。僕も一緒に行けるんですね」

「うん、まあ、あまり勉強になるような事件とも思えないが、私がいない間ここで退屈しているよりはいいだろう」

私は大きく伸びをした。

「ふう、仕事とはいえ、ああいう堅苦しい応対をするのは疲れるな。ところで、君はあの豊川という人間をどう見た？」

「すごい人だと思います」

俊介は答えた。

「すごい？」

「はい、すごい迫力のある人」

「迫力かあ……たしかにそうだな。情熱的だ。とても医者には見えない。会った瞬間は実業家かと思ったくらいだ」

「あ、僕もそう思いました。お医者さんらしくないなあって。なんだか病院にじっとしているような人に見えない」

「意見は一致したようだね」

私は笑ってしまった。

「彼が言っていた夜の別の仕事というのが、案外その関係かもしれない。とにかくただの医者ではないだろう」

「そうですね……」

俊介はジャンヌの頭を撫でながら、考え込んでいた。

「どうしたのかね？」

「あの人、野上さんのことをあんまり……」

「信用していなかった、と言うんだろ？　わかっているよ、それは。だがね、事件を解決してしまえば、そんな不信など簡単に払拭できるんだ。探偵は実績で信用を勝ち取るしかないんだ」

「そんなもんなんですか……」

そう、そんなものなのだ。私はそういうことは深く考え込まないことにしていた。

「とにかく、明日豊川家に行ってみれば、はっきりするさ」

「そうですね。じゃ、今日する仕事のことを教えてください」

俊介は気分転換するように言った。

「仕事？　さっきこの街では最近犯罪なんて起きてないと言っただろ？」

「でも、豊川さんには……」

「ああ、そうだった。では仕事に行こう。帽子を持ってきなさい」

「出かけるんですか？」

「そうだ」

私は笑ってみせた。

「今日のように穏やかな日にしかできない仕事だ。君にこの街で一番気持ちのいいベンチを教えてあげよう」

第四章　豊川家に関する予備知識

翌朝、私は俊介を伴って「紅梅」の扉を開けた。

いつものように窓際の一番奥の席に座ると、珈琲カップを拭いていた主人が声をかけてきた。

「いやあ、野上さん。昨日はすみませんでした。急に休んでしまって」

「何かあったのかい？」

「女房の奴がね、一昨日の夜に急に産気づいちゃって、そのまま病院で夜明しですよ」

「ほう、では生まれたのか！　どっちだったかね？」

「女の子でした」

そう言うと主人は相好《そうごう》を崩した。

水を持ってきた看板娘のアキが、ほとほと呆れたといった表情で、

「店長ったらね、朝からずっとこの調子なのよ。全然仕事にならないの」

「それは、しかたないだろう。そんなことなら今日も奥さんについていればいいのに」

「二日も店を放っておくわけにはいかないですよ」

主人は顔をひきしめて、言った。だがその後すぐに、

「まあ、今日も早めに店を閉めて、病院に行くつもりですがね」

「はいはい、じゃあ、あたしも今日は早く帰らせていただけるわけね。ありがたいことですわ」

アキはそう言って肩をすくめた。

「ところでこの坊やはどなた？　野上さんのお子さん？」

「おいおい、どうして私にこんな子がいるんだよ」

「そうね、野上さんよりずっと男前だもんね。とても親子には見えないわ」

とアキは憎まれ口をたたいた。

「言いたいことを言ってくれるじゃないか。この子はね、一週間ほどうちの事務所を手伝ってくれることになった狩野俊介君だ。石神さんの一番新しい友人なんだ」

「はじめまして、狩野俊介です」

俊介は席を立つと、きちんと頭をさげて挨拶した。アキはびっくりしたような表情で、

「あ、はい、こちらこそ……」

と、慌てて言葉を返した。

「俊介君、この子はこの店の唯一の従業員で芙蓉明子《ふようあきこ》ちゃんだ。芙蓉というのは楊貴妃《ようきひ》の美しさにも譬《たと》えられる花なんだが、どうもアキには似合わないな」

「ひどいわ、それじゃあたしは何だっていうの」

アキは怒ったような素振りをみせた。しかしこれはお互い冗談だとわかっていてやっている、言ってみれば習慣のようなものだ。こうしてアキをからかうのが、私の日課になっているのだ。だが、それを知らない俊介は、眼を白黒させて私たちの「喧嘩《けんか》」の様子を見ていた。

「あんまりひどいこと言うと、もう野上さんには珈琲飲ませてあげないからね！」

「はは、それは困るな。謝るからいつものやつをくれないかな。もちろん二人分」

「ふんっ」

アキは横を向いて引っ込んでしまった。

「やれやれ、今日はやりすぎたかな……」

私は俊介に舌を出してみせた。

「あの……、いつもこんなことしてるんですか？」

俊介は心配そうに尋ねた。

「うん、まあね」

「怒られませんか？」

「大丈夫だよ。今のは全部冗談なんだからね」

「冗談、ですか……」

俊介は驚いたように言った。

「ん？　どうしたのかね？」

「いえ……、僕、冗談っていうのが、よくわからなくて……、だからてっきり喧嘩を始めたんだと思ったんです」

「そうか、それは悪いことをしたね」

私は言いながらも、またひとつ俊介のことで認識を改めなければならないと感じた。彼はあらゆることをまともに受け止めてしまうらしい。つまり、とても真面目《まじめ》なのだ。

やがてアキがベーコンエッグと珈琲を二人分持ってきた。

「おい、これはいくらなんでも、あからさますぎやしないかね……」

私の皿には卵ひとつの目玉焼きとベーコンが二枚。俊介の方は卵がふたつにベーコンが四枚だった。

「いいのよ。俊介君は育ち盛りなんだから、栄養つけなくちゃ」

「私のは？」

「野上さん最近運動不足だから、栄養減らしてもいいの」

「やれやれ……」

私はもう、何も言えなかった。

「あの、僕のと交換しましょうか？」

俊介がおずおずと言う。

「いや、いいんだよ。あの子の言うとおりだ。最近どうも食べ過ぎているようだ。まだ成人病になりたくはないしね」

「そうそう」

とアキは得意げに頷いた。

やれやれ……。

「あら、あの猫どうしたのかしら？」

不意にアキが叫んだ。見ると窓の外でジャンヌが背伸びしていた。

「あ、あの……、僕の猫なんです。ごめんなさい」

俊介がすまなそうに言った。

「あら、君の猫なの？　こんな寒い外に放っておかないで、中に入れればいいのに」

「だって、こういう店には動物入れられないでしょ？」

「まあ、普通はそうだけど。でもいいわよ。ねえ、店長、いいよね？」

とアキは主人の答えを待たずに店を出て、ジャンヌを抱えて戻ってきた。

「かわいいわねえ、この子。ほらこんなに冷たくなっちゃって。ミルク飲む？」

アキはジャンヌに頰ずりしながら言った。

「あ、さっき朝御飯を食べさせてきたから、大丈夫です。おかまいなく」

そう言って俊介は手を差し出した。ジャンヌはアキの腕の中からするりと抜けて、俊介の膝の上に乗った。

「あ、そう。じゃあ無理にとは言わないけど……」

ちょっと拍子抜けしたようにアキは言った。私はその様子を見ながら、俊介の行動についての心覚えに更に「いささか防衛的」と付け加えた。

「あの、アキさん。ジャンヌに引っ掻かれたりしてませんか？」

俊介はおずおずと尋ねた。

「あたし？　いいえ、全然」

「そうですか、よかった。ジャンヌは怒らせたりすると、ちょっと……」

「あら、そんなに怖いの？」

「はい」

と、俊介はジャンヌを隣の椅子に置きながら言った。

「すごく、怖いです」

「へえ、そんなふうには見えないけどねえ……」

「普段はおとなしいんだけど……。それに僕の言うことしか聞かないし……」

だから誰にも触らせない、と言いたいのだろう。

「さあ、これを食べたら仕事に取りかかるぞ」

私は話題を変えるつもりで言った。

「あら、やっと仕事が来たの？　ひさしぶりじゃない」

「ついこの前も盗難事件を解決したばかりだよ。別に暇なわけじゃない」

「そうだったかしら。それで今度はどんな事件？」

「たいした事件じゃないがね。まあ、ちょっとした家庭騒動の処理だよ」

「ふうん、名探偵石神法全の後継者が、家庭騒動の処理ねえ。こりゃ、石神先生が泣くわ」

さすがにこの一言にはむっとした。私はつい声を荒げて、

「家庭と言っても、相手はこの街一番の病院の持ち主なんだよ。そんじょそこらの……おっと」

慌てて口を閉ざしたが、もう遅かった。

「へえ、この街一番の病院ねえ。すると、依頼主は……そっか、豊川病院ね！」

鋭い読みである。私は二の句が継げなかった。

「ふふん、当たりみたいね。それであの豊川病院で何が起きたの？」

「それは言えない。依頼人の秘密を守るのは、探偵の鉄則だからね」

私は言わずもがなのことを言った。もう手遅れではあったが。

「なんだあ、ケチ。でも、豊川さんとこだったら、何が起きてもおかしくないわね……」

「ん？　どういうことかな？」

私はアキの思わせぶりな言い方が気になった。

「豊川さんの家って、みんながいがみ合っているのよ。ご主人は病院以外の仕事に忙しいし、奥さんは占師にいれあげてるし、三人の姉妹は父親が違ったりまるで血縁がなかったりで仲が悪いし。家族とはいってもほとんどばらばらの状態みたいよ」

「豊川家の事情について、ずいぶん詳しいようだね？」

「あたし豊川春子さんの、つまり三人姉妹の一番上の子と同級だったの。あんまり話したこと

はないんだけどね。でも、それで学校の友達からいろいろ話を聞いたりしてたしね」

「なるほど、しかしこれは奇遇だな」

私は昼に豊川家を訪問する前に、豊川家の事情などを調べておくつもりだった。それがこんな所で情報を仕入れることができるとは、願ってもないことだった。

「ひとつ、そこんとこの話を聞かせてくれないかな？」

「いいけど、何くれる？」

アキは悪戯《いたずら》っぽく微笑みながら、言った。

「何って……」

と私はたじろぐ。

「別に毛皮とか宝石とか言わないけど、それなりの報酬ってものが欲しいわね」

「ううむ……、じゃあ、甘夢《かんむ》屋の栗蒸し羊羹《ようかん》でどうかな？　好きだったろ？」

「羊羹二本に最中《もなか》つけて」

「わかった。それで交渉成立だな」

「うん」

と、アキは俊介の隣の椅子に腰かけた。

「じゃ、知ってるだけ話すわね。まず院長先生だけど――」

「豊川寛治だね」

「そう、そんな名前だったわね。もともと豊川病院ってこの街でも古い病院だったけど、あんまり景気が良くなくて、左前だったのね。一時期は倒産するって噂も立ったくらい。でも院長先生が今の奥さんと結婚して、奥さんの資産で病院を建て直してからは、どんどん評判も上がって、今じゃ一番有名な病院でしょ、このへんでは」

「有名ではあるが、けっして良い病院ではない」

私は付け加えた。

「あたしは病院なんて行かないから、そのへんはわからないけどね。それで今は院長先生の他に十人以上のお医者さんがいて、看護婦さんも何十人といるでしょ。だから院長先生も、別に医者の仕事をする必要はなくなったみたい」

「それで別の仕事を始めたわけだね」

「そう。土地を買ったり売ったりしてるみたいね。それから何軒も店を持っているんだって。それも酒場関係だそうよ。ついでに言うと、その店は自分の愛人にやらせてるという話だわ。もっともこれは噂だけど」

私はアキの横で熱心に聞いている俊介のことを考えて、よほど話をやめさせようかと思った。十二歳の子供には刺激の強すぎる話かもしれない。

だが、私が言う前にアキが話を変えてくれた。

「次に奥さんの信子さんね。この人はいかにもお嬢様って感じで、全然苦労を知らないみたいな人ね。もう五十歳で三人も子供があるのに、今でもとってもきれいよ。お金もいっぱい持ってるみたいだし。ただ、あんまり家庭運はなかったみたい。両親や親戚も早くからいなかったし、最初のご主人も早くに亡くなったし。そのせいか、最近は占師に凝《こ》っちゃって、自分の家に泊めて毎日占いさせてるみたいよ」

占師とは導師のことだろう。豊川氏は「インチキ宗教家」と言っていたが。

「その占師なんだが、どういう人間なのかな?」

「それがねえ、あんまり知らないのよ。一年前にふらっとやって来て、ずいぶんお客もついたみたい。家を借りてそこで占いを始めたのね。それがよく当たるって言われて、自分とこに連れていったみたいなの。それを信子さんは強引に自分の専属みたいな形にして、自分とこに連れていったみたいなの」

「どんな奴なんだ? その占師とは? 導師と名乗っているそうだが」

「あたし一度だけ観てもらったことあるけど、二枚目よ」

とアキは微笑んだ。

「歳は三十すぎくらいかな。痩せてきりっとした顔でね。なんだか、とっても頼もしそうな感じだったわ。喋り方も落ち着いていていい声だったたし」

「ほう……」

なぜだか、私は面白くなかった。

「それで、何を占ってもらったのかな、アキちゃんは?」

と私が尋ねると、アキは笑って、

「な、い、しょ」

とだけ言った。

ますます面白くない。

「話を戻すわね。次は長女の春子さん。もっとも彼女は信子さんの前のご主人と前の奥さんとの間に生まれた子で、信子さんとは血はつながっていないのだけど。今は藍苑《あいぞの》大の学生よ。とっても頭のいい子でね、女子高でも成績は一番だったわ。美人だし憧れてる子はいっぱいいたなあ。でもあたしなんかは、あんまり頭が良すぎて、近寄りがたい気がしたわ」

「つまり君は憧れなかった、ということかな？」

「そうね、あたしは馬鹿だから、あんまり賢い人は好きじゃないの。だからあたし、野上さんが好きなんだ」

「なんだ、それは」

また茶化されたような気がして、私はいささか不機嫌になった。

「ごめん」

アキは意外とあっさり謝った。

「それから次女の夏子さんは今年二十歳だったっけ。春子さんがあたしと同じ二十一で夏子さんはひとつ年下だから、間違いないよね。彼女は音楽学校に通っていて、ピアノを勉強してるの。去年大きなコンクールで優勝したって聞いたから、きっと実力はあるんでしょうね。ただ性格が派手で、ずいぶん遊び回っているみたい。いつも違う男の子と一緒に歩いているんだって」

「そういう話は、どこから仕入れてくるのかね？」

私が聞くと、アキはすました顔で、

「情報源は教えるわけにはまいりませんわ」

と言った。

「わかったよ。じゃあ、あとひとりについて説明してくれないか？」

「最後は冬子さんね。この子はよく知らないの。今年十八歳で、国体に陸上で出場したってことくらいかな。今年受験のはずだけど。それくらいね。お姉さんふたりに比べると、影が薄いみたい」

「国体に出場していて影が薄いもないだろう。しかし秀才にピアニストに運動選手か。よくもまあ、それぞれの才能を開花させたものだな」

「みんな親が違うからね」

「それで、姉妹の仲はどうなんだ？」

「あんまり良くないみたい。家の中でもほとんど口をきかないそうよ」

「そうか。まあそれだけ性格が違っていればしかたないかもしれないな。家庭の事情も複雑であるし……。ところで、豊川家に住んでいるのは、それだけなのかな？」

「そうよ。あとは使用人が何人かと、それから問題の占師さんね」

「導師かあ……」

私にはこの件が、思ったほど簡単なものではないような気がしてきた。初めは導師なる人物の正体を見破りさえすれば解決すると思っていたのだが、それだけではすまないような予感がするのだ。

「いや、ありがとう。なかなか参考になったよ」

「どういたしまして。羊羹と最中、忘れないでね」

その時、俊介が言った。

「あの、ひとつだけ聞いていいですか？」

「なあに？」

アキは横に座っている俊介にぐっと顔を近づけた。俊介の顔はたちまち真っ赤になった。

「こらこら、そんなに迫るんじゃないよ。俊介が困っている」

「あら、ごめんなさい」

とアキは笑う。俊介は困ったようにもじもじしながら、

「いえ、いいんです……」

と小さい体をよけい小さくして言った。

「それで、何を聞きたいの？」

「あの、豊川さんの家の三人の姉妹なんですけど、何月生まれなんでしょうか？」

「え？」

唐突な問いに、アキは面食らったようだった。

「何月って……、たしか春子さんは三月生まれだったと思うけど……他の人は知らないわ。それが、どうしたの？」

「ちょっと気になっただけです。ありがとうございました」

礼を言いながらも彼の手はジャンヌの首に伸び、ゆっくりと毛並みを撫でている。何か考え込んでいるようにも見える。

しかしジャンヌは、飼い主の屈託などまるで気にしていないかのように、朝の陽射しの中で居眠りをしていた。

第五章　豊川家の人々

豊川邸は街の中心から少し外れた、閑静な高級住宅街の中にあった。

このあたりに建てられた住宅は、どれも広大で立派なものだが、豊川邸はその中でも特に大きく、威容を誇っていた。

車を降りて御影石《みかげいし》の高い塀沿いに歩くこと数分。やっと城のように厳《いか》めしい門に辿り着いて来意を告げると、やはり数分待たされた後に門が重々しく開き、背の高い老人が私たちを迎えた。

「野上英太郎様に狩野俊介様でございますね。主人より承っております。ようこそいらっしゃいました」

黒の上下に身を包んだ老人は、恭《うやうや》しく頭をさげた。私は少し戸惑いながら、礼を返した。

「主人がお待ち申しております。どうぞ」

私たちはきれいに刈り込んだ松が連なる玉砂利の道を、老人に先導されながら進んだ。路がかなり複雑にうねっているので、案内がいないと迷子になってしまいそうだった。俊介はジャンヌをしっかり抱いて歩きながら、物珍しそうにまわりを見回している。

道がうねっているのは、庭の造りを楽しみながら歩けるようにしているせいらしい。ある場所には桜を何本か植えて花見の宴《うたげ》ができるようになっており、またある場所では菖蒲《しょうぶ》の植えられた池が見える。他にも楓《かえで》に囲まれた茶室や椿《つばき》の生け垣など、四季ごとにまとめられた小さな空間が、曲がりくねった道に沿って造られていた。まるで植物園に来たようだった。

こんな道を歩いて来るのだから、来意を告げて門が開くまでに数分かかっても無理はないな、と思っていると、不意に視界が開けた。そこは一面の芝生地だった。まだ芝生の色は枯れていたが、やがて本格的な春が訪れたなら、なだらかな丘陵《きゅうりょう》のように設《しつら》えられた一帯は、緑の絨《じゅう》毯《たん》が敷かれたように見えるだろう。

その起伏の向こうに豊川家が建っていた。

この庭の広大さに比べると、建物はそれほど大きくはない。だが煉瓦を積み上げて造られたその姿は、やはりものものしい。

私たちが老人に導かれて玄関の前に立った時、向こうから軽やかな女性の笑い声が聞こえてきた。振り向くと、ふたりの男性を従えた二十歳前後の女性がやって来るところだった。女性は両脇にいる男性に交互に話しかけては、また笑い転げていた。

私はその三人の何とも異様な姿を茫然と見つめていた。別におかしな恰好をしているわけでもなかった。女性は薄い紫のコートを身にまとい、男ふたりは藍色の背広姿だった。女性の笑顔は蠱惑《こわく》的で、年齢に似合わぬほどの色香があった。男の方はどちらも角張った顔をしており、太い眉と引き締まった顎《あご》が、ふたりの容貌を情熱的に見せていた。

そう、ふたりとも同じ顔をしていたのだ。寸分違わぬ同じ顔同じ恰好の男が、まるで鏡を真ん中に立てたように、女性を中心として左右に配置されていたのだった。

「あら、滝田《たきた》。お客様？」

女性は老人に声をかけた。

「はい、夏子様。ご主人様が招待されました野上様と狩野様でございます」

滝田と呼ばれた老人は直立不動の姿勢をとり、女性に言った。

「ああ、そういえば今朝そんな話をしていたわね。じゃあ、あなたが探偵の野上さんですの？　こっちはまた、かわいい探偵さんね」

女性は興味深そうに私と俊介を見つめた。私は帽子を取って挨拶した。

「初めてお目にかかります。私、石神探偵事務所の所長をしております野上英太郎です。こちらは助手の狩野俊介とジャンヌです」

「へえ、お猫さんまで助手をしているの。面白いわね」

女性はジャンヌに手を伸ばしたが、ジャンヌの方はいち早く身をよじって俊介の腕をすり抜け、俊介と私の足元に隠れてしまった。

「あら、臆病なのね」

女性は急に興味をなくしたように手を引っ込めた。

「あたし、ここの娘の夏子といいます。よろしく」

言葉も少しぞんざいになったように感じられた。自分を賛美してくれない相手には、いつもそういう態度をとるのだろう。

夏子はふたりの賛美者に同等の笑みを与えながら、

「そしてこちらは、加島康《かしまやすし》さんと隆《たかし》さん。あたしのお友達よ」

「はじめまして。お会いできて光栄です」

ふたりは同時に私と俊介に握手をした。なんだか二重写しの映画でも観ているような錯覚にとらわれそうだった。

「こちらこそ。あの、失礼ですが、どちらが康さんでどちらが隆さんですかな?」

「僕が隆で」

と左側の男が言い、

「僕が康です」

と右側の男が言った。

「なるほど……」

私は頷いてみせたが、ふたりが左右入れ換わったら、もうわからなくなってしまうだろう。

私の困惑を見透かしているのか、双子の男は皮肉っぽい笑みを口許《くちもと》に浮かべた。その仕種《しぐさ》までもが同じだった。

「なかなか、かわいい坊やだね」

康がそう言いながら、左手で俊介の頬を撫でた。

俊介は侮辱されたかのようにその手を払いのけると、言った。

「じゃあ、ピアノを弾くのが隆さんで、バイオリンを弾くのが康さんなんですね」

突然俊介が言ったので、三人とも不意をつかれて、私の同伴者の顔を見つめた。

「どうして、どうして知ってるの？　ふたりのコンサートに行ったことがあるの？」

夏子が訊くと、俊介は首を横に振って、

「いいえ、ただ隆さんの指先が夏子さんと同じように平たくて強そうに見えたんで、たぶんそうじゃないかな、と思ったんです」

「じゃ、僕がバイオリンをしているってことはどうして？」

康が尋ねると、俊介は康の左手を取った。

「康さんは左手の指の腹だけ、皮が厚くなっているでしょ？　さっき撫でられた時に気づいたんです。左だけ指の皮が厚いのは、きっと弦《げん》をずっと押さえているからだと思って。ひょっとしたらチェロとかコントラバスとかかもしれないけど、あとはあてずっぽうだったんです。でも正解だったみたいですね」

三人は感心したというより、少し気味悪そうに俊介を見ていた。と、滝田老人が軽く咳払いをした。

「申し訳ありませんが、主人がお待ちしておりますので。夏子様、失礼いたします」

滝田は夏子に会釈して先に歩き出した。私と俊介も啞然としている若者たちを残して玄関に入っていった。

客間らしい一室に通されると、滝田は再び背筋を伸ばした姿勢で、

「それでは主人を呼んでまいりますので、しばらくお待ちください」

と言って姿を消した。

執事の姿が見えなくなると、私は抑えていた笑いを爆発させた。

「いやあ、愉快だった。さっきのあの双子の顔ったらなかったぞ。鳩が豆鉄砲食らったというのは、まさにあのことだな」

俊介はあまり愉快そうではなかった。

「そんなに、面白かったですか？　僕は赤ん坊みたいに顔にさわられて、いやだっただけなんだけど」

「ああ、あの取り澄ましたやつらが正体暴かれてうろたえている姿なんて、近来にない見物だった」

「そうですか……」

俊介は考え込んでいる。

「ん？　どうしたのかね？」

「あの双子のお兄さんたち、かわいそうだと思って……」

「かわいそう？」

「だって、ふたりともあの夏子さんって人のことを好きみたいでした。でも夏子さんの方は、

なんて言うか……その、ふたりのことを……」

「天秤にかけていた、かね？」

「ああ、そういう言い方ってあるんですね。そうです。天秤にかけていたみたいでした。ああいうのって、良くないと思う」

「まあ、良くはないな。しかしあの双子も自分からそうしているんだから、自業自得だろうがね」

「そんな……」

俊介は信じられない、というように首を振った。私はそんな彼に言った。

「あのふたりは、ふたりとも夏子が好きだ。だとしてもそれは彼らが自分で好きになったんだから、どうしようもないのさ」

「そんな、もんなんですか？」

「そんなもんだよ」

大人になれば君にもわかるさ、と私は心の中で言葉を続けた。

と、その時豊川氏が部屋に入ってきた。

「いや、お手数をおかけします。早速ですが、これから昼食を御一緒していただけますかな？もうみんな食堂に集まっておるようなので」

「わかりました。猫はこの部屋に置いておいてよろしいですかな？」

「まあ、家具に爪を立てなければ構いませんが……」

息をひとつつくと、

「それは大丈夫です」

と俊介が言った。

「僕が保証します」

豊川氏はまだ不安げに俊介とジャンヌを見ていたが、ふっと気持ちを切り換えるように溜め息をひとつつくと、

「ではご案内しましょう」

と言って部屋を出ていった。私と俊介は慌ててその後をついていった。

食堂は一階の南側に面していた。南側の一面は硝子《ガラス》張りになっており、午後の陽射しが燦々《さんさん》と降り注いでいた。

豊川氏は席についているみんなに向かって言った。

「紹介しよう。私の友人で野上英太郎さんだ。そして彼の助手の狩野俊介君」

「野上です。はじめまして」

「狩野です。はじめまして」

私たちの挨拶に、食卓についた者たちは軽い会釈で応えた。

「では野上さん、順に家の者を紹介しましょう。まずこれが長女の春子」

食卓の一番隅に腰かけている女性がかすかに頭をさげた。アキの言うとおり、たしかに美人だ。知性の感じられる美しさだった。短い髪と細い黒縁眼鏡が、彼女の容貌を理知的に、そして冷たく見せていた。

「その隣が次女の夏子と、それから……」

豊川氏が言い淀むと、夏子が言った。

「いいのよ、お父様。ふたりのことはそこにいる坊やがちゃんとお見通しなんだから。ね、俊介君」

名指しされて俊介は顔を赤くした。事情がわからないらしい豊川氏のために、私は夏子さんとそのふたりのボーイフレンドにはすでに会っていることを教えた。

「なるほど、では次。三女の冬子です」

「こんにちは」

冬子は席を立って、挨拶をした。春子とも夏子とも違う。ふたりの姉ほどの際立った美しさはない。だが、ふたりにはない健康的な輝きがあった。大きな瞳が興味深そうに私と俊介を見ていた。

「そしてその隣が私が講師をしている松沢医大の学生で、島田《しまだ》昭彦《あきひこ》君」

「どうも……」

島田という青年は面倒そうに頭をさげた。春子のように理知的な顔立ちをしていたが、それがあまり表面に出ないように抑えているような印象があった。

「彼は大学一の秀才でね。今私が書いている論文の手伝いをしてもらっているのだよ」

「ほほう、論文を書いていらっしゃるのですか。たいしたものですな」

私が言うと、豊川氏は得意そうに、

「いや、本来なら論文を書いている暇などないんだがね、どうしても研究したいことがあったんだよ。私のようにずっと臨床に携《たずさ》わっていると、なかなか医学の最前線には疎《うと》くなってしまうものだが、時間を作ってはそうした研究も続けているんだよ」

「いやあ、御立派なことですな」

これ以上お世辞を言うと歯が浮いてしまいそうなので、話を変えようと思った。

「時に、奥様がお見えになっていないようですが……」

とたんに豊川氏の得意げな表情が曇った。

「信子か。信子は最近食べ物の嗜好《しこう》が変わったとかでね、一緒に食事をしないんだ」

「ほう……」

奥歯にものの挟まったような言い方だった。豊川氏は更に不機嫌そうに言った。

「まあ、あとで信子には紹介する。例の男と一緒にな」

私は頷いただけで、あえて何も言わなかった。

「あたしは、お母様の考えがわからないな」

夏子が少し軽蔑したような口調で言った。

「いくら導師さんに菜食主義を勧められたからって、あんなに徹底することはないのよ。卵も牛乳も駄目だなんて。そのうち死んじゃうわ、きっと」

「好きにさせればいいじゃないの」

春子が冷たく言う。

「どうせあの人の命なんですもの。自分で縮めたければ、縮めてもかまわないでしょ」

「お母様を悪く言うの、やめてよ！」

と冬子が叫んだ。怒りのためか食卓の上の指が震えている。かなり熱くなりやすい性格のようだ。

「悪くなんか、言ってないわ」

春子は冬子の癇癪《かんしゃく》など慣れていると言わんばかりに、微笑んだ。

「夏子はお母様の体を心配しているのよ。わたしはお母様の自主性を尊重しているだけ」

「いい加減にしないか、おまえたち」

豊川氏がうんざりしたように言った。

「すみませんでした、お父様」

春子はそう言って冬子から視線をはずした。まるで冬子など初めから存在していなかったかのように。

冬子はそんな春子の方をじっと睨《にら》みつけていたが、

「御免なさい、お父様……」

と言って席についた。夏子はそんな姉と妹のやりとりを面白そうに眺めていた。

なるほど、たしかに仲のよい姉妹とは言えまい、と私は思った。

昼食はまるで菜食主義者だという信子に当てつけたかのように、鴨《かも》肉を中心とした豪華なものであった。窓からの明るい陽射しが降り注ぐ中、食事は静かに進んだ。

誰も何も言わずに黙々と食べているばかりなので、私は少し気詰まりになってきた。ひとりで食事するのならともかく、人と一緒に食事する時は楽しく話しながらの方が好きなのである。こんな通夜の席の食事のようなのは、好みではない。

私は隣に座っている豊川氏に話しかけた。

「こちらのお屋敷は、ずいぶん由緒のあるものでしょうな。なかなか立派なたたずまいなので感服いたしました」

「ええ、この家は祖父が建てたものでしてねえ」

と豊川氏は満更でもない様子で語ってくれた。

「祖父は早くに亡くなったので私は顔を知らないんですが、随分遊び心のあった人のようで、この家も外遊先で見た煉瓦建築に惚れ込んでわざわざ造らせた物だそうです」

「すると、あのお庭もそうですかな?」

「ええ、あんな迷路のような造りにしたのも、祖父の発案でしょう。おかげで我々は住むのに難渋していますよ」

「いやいや、四季それぞれの美しさが味わえるのですから、羨《うらや》ましいかぎりです。時に、あの建物は何ですかな?」

私は窓から見えている小さな建物を指差した。先程から気になっていたのだ。それは枯れ芝生の丘陵の上に建てられた、一見茶室のような離れだった。しかし茶室なら先程庭の中で見かけたはずだ。あちらの方は本格的な数奇屋《すきや》造りで草庵《そうあん》式の茶庭もそなえていた。しかし目の前の建物はどちらかというと西洋風で、まるで屋敷を造った時の煉瓦の余りでこさえたように、壁の半分は煉瓦造りになっている。

しかし奇妙なのは建物の半分が硝子張りになっていることだった。まるで露台《バルコニー》に硝子の屋根と壁をつけたような形だ。

「ああ、あれですか……」

と豊川氏はまた不機嫌そうな声に戻って、

「あれも祖父の道楽だそうです。何でも月見のために造った庵《いおり》とかで」

「月見、ですか?」

「そうです。祖父は花鳥風月を好む趣味人であったのですが、少し風変わりでもありまして。冬に月見をしても寒くないように、あんな造りにしたそうです。もっともそれは父に聞いた話で、本当のところ祖父がどういう意図であの月光亭を造ったのかわからないのですがね」

「月光亭というのですか?」

「ええ、私はそういう趣味はないのでほとんど利用していませんが、今では例の導師の住処《すみか》になっていますよ」

と、まるでその言葉に誘われるかのように、硝子張りの部屋にふたりの人間が姿を見せた。ここからではっきりとわからないが、黄色い服を着た男と、和服姿の女のようだった。

「噂をすれば、ですな」

豊川氏の声にかすかな嘲《あざけ》りの色が感じられて、私はまじまじと彼の横顔を見た。

私の直感が正しければ、豊川氏は笑いを押し隠していた。自分の妻が別の男性と一緒にいるところを目撃しながら、彼はその光景を嘲笑《ちょうしょう》していたのだった。

第六章　月光亭の導師

昼食後、夏子とその男友達、そして昭彦と冬子が退席し、残った者が食後の珈琲を飲んでいると、月光亭にいた信子と導師がやって来た。

信子はほっそりとした女性だった。大きな瞳は娘たちにも受け継がれているが、彼女のそれには煙るような艶《つや》があった。紅をひいた薄い唇は黙っている時でもかすかに開いていて、いつもそこから吐息が洩れているような印象を受けた。あらかじめ教えられていなければ、とても彼女の年齢を言い当てることはできなかっただろう。

彼女の後ろに、導師がいた。昨日豊川氏に依頼されてからずっと興味を持ってきた人物に、やっと会うことができたのだ。

だが、私はどうにも失望を感じないではいられなかった。

導師なる人物、たしかに男前ではある。アキが言ったとおり、引き締まった顔立ちをしていて、一見頼もしそうに見える。だが、彼の表情の中には、宗教家らしい英知の光も、また熱狂的な情熱も、何も感じられなかったのだ。

導師は古代ローマの貴族が着ていたようなトーガ風の衣装を身につけていた。頭は短く刈り上げており、恰好だけは修行僧のように見えないこともない。

「お食事は、終わりましたのね」

信子はそう言って、空いている椅子に腰かけた。その隣に導師が座る。

「終わったよ。今日は鴨肉が特別うまくてね」

豊川氏が言うと、信子はあからさまに嫌な顔をした。

「まだこの家では野蛮な行為がまかり通っているのですね。動物の肉を食べるなんて」

「野蛮な行為、ね」

豊川氏の声には、露骨な揶揄《やゆ》が込められていた。

「動物の命を奪うのは野蛮だが、植物の命はどうでもいいわけだ。おまえたちの食べている大根や南瓜《かぼちゃ》だって、生き物には違いあるまいに」

「それは、違います」

導師が言った。役者にしたいくらい良い声ではあった。

「私たちが動物を殺すことを好まないのは、流される血のためなのです。血を流すという行為そのものが、汚《けが》れなのです」

「南瓜は切っても血を出さない、というわけか」

豊川氏は笑った。

「くだらん。まったく馬鹿げている」

信子が夫に何か言おうとして立ち上がりかけた。それを導師が押しとどめた。

「豊川さん。私はひとつの啓示を受けてここに参りました。この家から真の救いが生まれるであろうと。全世界を救済する神の恩寵《おんちょう》の礎《いしずえ》が、この地に築かれるであろうと。しかし、その啓示にはまた、この家の人々をまず救うことが肝要だともありました。だからこそ、私はここに参ったのです」

「私を救ってくれると言うのかね。それはありがたい。ではとりあえず私を悩ませているインチキ導師を追い払ってもらいたいものだな」

「あなた！」

信子は怒りをあらわにした。

「あなたって人は……！」

興奮して、それ以上の言葉が出ない様子だった。

「こら、よさないかね。お客様のいるところで」

豊川氏は余裕のある表情でそう言うと、私と俊介の方を見た。

「そうだ、まだ紹介していなかったな。こちらは私の友人で、探偵の野上英太郎氏。そして彼の助手の狩野俊介君だ」

突然紹介されたので、私は心構えもできないまま立ち上がることになった。

「え、あ、どうも、私が野上です」

「はじめまして、狩野俊介です」

信子は私たちを一瞥《いちべつ》すると、

「どういうことですの？　探偵なんて連れてきて」

「どういうつもりもない。野上氏は私の友人だ。友人を自宅に招待するのに理由は必要あるまい？」

豊川氏の挑発的な態度に、信子は心底怒っているようだった。私はその様子を見ながらはらはらしていた。何かとんでもない場面に引きずり込まれてしまったようだ。そっと隣の俊介を見ると、彼も脅えたような顔で夫婦の険悪なやりとりを見ていた。

「それに野上氏は職業柄、詐欺とか贋物については専門家でね、私の家に居座っている人物の話をしたら、それは是非会ってみたいとおっしゃるのさ。だから今日は我が家に招待したんだよ。これで納得できるかね？」

ますます泥沼である。私は立つ瀬をなくしたような気分だった。

「豊川さん、あなたは哀れな方です」

導師が言った。

「何だって？」

初めて豊川氏の余裕の表情が崩れた。

「哀れとはなんだ。君に哀れんでもらういわれはないぞ」

「眼の前に大いなる恩寵が訪れようとしているのに、それに気づかないばかりか、ご自分からあえて地獄に身を投げようとしていらっしゃる。これを哀れまずにはいられません」

「恩寵だと？　ふん、そんなものがあるのなら、眼の前に見せてもらおうか！」

「あなたは、眼に見えるものしか信用できないのですね」

導師は本当に哀れむように首を振った。

「当たり前だ。私は形のあるものしか信用しない。君が言う恩寵とやらが本当にあるのなら、私の眼の前に示してもらおうじゃないか。そうでなければ、信用などできるものか」

「それでは、私があなたの眼の前にこの世ならぬ奇跡をお見せしたら、私を信用してくださいますか？」

「いいとも。奇跡とやらを見せてくれ。そうしたら君の信者でも何でもなってやろうじゃないか！」

「そのお言葉、間違いありませんね」

「くどい！　その代わり、奇跡が起きなかったら、君は潔く自分がペテン師だと自分で認めて、この家を出てゆくんだぞ、いいな」

ほとんど売り言葉に買い言葉である。

導師は少し考えるように眼を閉じていたが、やがてゆっくりと頷きながら、

「わかりました。では今晩午前零時に、あの月光亭において奇跡をお見せしましょう」

自信に満ちた声だった。

「面白い。それは是非やってもらおう。野上さん、ちょうどいい機会だ。立ち会いをお願いで

きませんかな？　その奇跡とやらの」

「は、それはかまいませんが……」

おかしな展開になってしまった。私は正直な話、戸惑うばかりだった。そもそもの目的は導師が何者かを見抜くことだったのだから、たしかに良い機会ではある。しかし、導師が何をするつもりなのか、私には見当もつかない。

「ところで、導師さん。奇跡とおっしゃったが、一体何をされるおつもりですかな？」

私が尋ねると、導師は曖昧な笑みを浮かべて、

「それは、起きた時におわかりになるでしょう」

と言った。勿体ぶった奴だ。

「導師様……」

信子は心配そうに導師を見つめている。導師は彼女の方を見て静かに頷いた。安心しろ、と眼で合図を送っているようにも見えた。

「よし、決まった」

豊川氏は宣言するように言った。

「今晩午前零時に、導師殿が奇跡を見せてくれるそうだ。家の者はみんなで立ち会うことにしよう。使用人を含めて全員だ。春子、おまえたちも立ち会うんだぞ」

その時になって、やっと私はこの食堂に春子が残っていることを思い出した。この騒動の間も、彼女は一言も喋らずに座っているばかりだったのだ。

「わかりましたわ、お父様」

春子は教師に指名された生徒のように従順に答えた。

「では、妹たちにも話してきます」

そう言うと、彼女は席を立ち、食堂を出ていった。

「それでは私たちも一旦引っ込みますかな」

私はそう言って立ち上がった。

「俊介、行こうか」

「あ、はい……」

私は身をすくませている俊介の手をひいて食堂を出た。

最初に通された客間に戻ると、ジャンヌがソファから降りて、俊介の足に身をすり寄せてきた。

俊介はジャンヌを抱きかかえ、溜め息をついた。

「野上さん、どうして急に部屋を出たんですか？ まだあの人たちの話を聞いていた方が、いろいろなことがわかったかもしれないのに……」

「あそこにいくらいても、家庭内の醜悪さを見せつけられるだけさ。それよりも私は君のことが心配だった」

「僕？」

「君は、ずいぶんあの雰囲気に影響されていたようだからね。かなり緊張していたみたいだった」

「僕は、そんな……」

　抗議しようとする俊介を、私はとめた。

「いいんだ。私の勘ぐりすぎかもしれない。でも、私も疲れたんだよ。いつまでもあんな嫌な場面につきあいたくはなかった。しかし、恐ろしいほど険悪な家族だな。アキが言うとおり、この家の中で何が起きてもおかしくはないくらいだ」

「豊川さん、なんだか奥さんと導師さんをわざと怒らせていたみたいですね。そんな感じがしました」

「そうだな。わざと挑発していたのかもしれん。導師の尻尾をつかむために」

「あの導師さん、何をするつもりなんでしょうか?」

「わからんよ。どうせ死んだ人間の霊を呼び寄せるとか、そんな類のものだろう。だったら単純なんだが……しかし……」

　私は導師の自信に満ちた声が、どうにも腑《ふ》に落ちなかった。彼は何をしようとしているのだろうか?

「とにかく、夜になればわかるさ。何もかもな」

第七章　午前零時の惨劇

その夜――。

十一時をすぎた月光亭の前に、私たちは呼び出された。

本来なら満月の夜である。だが夕暮れ頃から厚い雲が空を覆いはじめ、月の光はここまで届かなかった。しん、と冷えた空気の中で、私たちの吐く息が白く流れている。

そんな寒さの中でも、導師はトーガ風の衣服のままで立っていた。

「これから私はこの月光亭に籠もります」

導師の声は凛《りん》として、自信に満ちていた。

「御存知のようにこの月光亭には窓の他に入口はひとつしかありません。ここです」

と彼が指差したのは、煉瓦の壁にひとつだけ据えられた木製の扉だった。

「私が入ったら、この扉に鍵をかけてください」

導師はそう言って、大きな南京錠を取り出した。

「豊川さん。この鍵をかけていただけますか？」

「いいとも。だが、その前に確かめさせてもらうよ」

豊川氏は鍵と南京錠を受け取って、鍵をかけたりはずしたり、またひっぱったりしながらおかしなところがないか丹念に確かめていた。

「ふむ、間違いないようだな……ところで」

と豊川氏はあたりを見回しながら、

「それにしても信子はどこに行ったんだ？」

と、苛立たしげに呟《つぶや》いた。信子夫人は昼すぎから姿を見せないのである。

「春子、さっき捜しに行った時は、本当にいなかったのか？」

「はい、いませんでしたわ」

春子は素っ気なく答えた。

「誰か、信子を見かけた者は、いないのか？　夏子、おまえはどうだ？」

「知らないわ。それより早く家に戻りましょうよ。寒くて死にそうよ」

夏子は不平顔であった。名前のとおり、冬の寒さは苦手なのかもしれない。

「あたしも会ってないわ」

冬子は問われる前に答えた。

「困った奴だな……」

豊川氏は苦々しげに呟いた。その時、導師が探るような視線を豊川氏に投げているのに、ふ

と気づいた。豊川氏はその視線に気づいているのかいないのか、思い切るように頭を振って、

「しかたない。始めてもらおう」

と言った。導師はかすかに溜め息をついて、

「わかりました。では午前零時にまたここにおいでください」

そう言うと、扉を開けて月光亭の中に入っていった。すかさず豊川氏が閂《かんぬき》に錠を差し込んで、鍵をかけた。

やがて硝子張りの部屋に導師が現われた。その部屋はちょうど南に向かって扇を広げたような形になっている。その扇の中央にふたつの椅子が置かれていて、その椅子の片方に導師が座ったのが、硝子越しに見えた。明かりもつけない部屋を覗き込むのは、なんだか深夜の動物園を見学しているような感じだ。導師は私たちが覗き込んでいるのを無視するように眼を閉じ、何かを呟いていた。

と、導師の手元が不意に明るくなった。見ると右手の上に火を灯した蠟燭《ろうそく》を掲げている。小さな光に照らし出されて、導師の顔は死人のように見えた。

「さあ、そろそろ部屋に戻ろう。食堂からもこの硝子部屋は監視できるのだから、こんな寒い所にいる必要はあるまい」

豊川氏の言葉を待っていたかのように、みんなは大急ぎで食堂に通じる扉から家の中に飛び込んだ。

「ああもう、寒いったらないわ。なぜあたしがこんな寒い思いしなきゃならないの」

夏子は不平たらたらであった。

「あたし、もう寝ます。風邪ひいちゃう」

奥に引っ込もうとする夏子を、豊川氏がとめた。

「待ちなさい。導師の奇跡とやらが終わるまで、ここで待っているんだ」

「そんな……お父様……」

夏子は抗議する。だが父親の視線に射すくめられて、しぶしぶ席に座った。

食堂には信子を除く豊川家の全員が座っていた。加えて執事の滝田と島田昭彦、そして私と俊介とジャンヌ。

ジャンヌを抱いた俊介は、私の隣で眠そうに眼をこすっている。十二歳の子供がこんな時間まで夜更《よふか》ししているのだから、眠いに違いない。だが私が眠るように言っても、彼は従いはしないだろう。

「一体、何をしでかすつもりですかな」

豊川氏は私に尋ねた。

「さあてね、私にも見当もつかんですよ」

私は正直に言った。

「どうせ、たいしたことじゃないわ」

夏子はまだ機嫌が直っていないのか、愚痴をこぼしている。

「勿体ぶってるだけよ、ね、島田君」

夏子に声をかけられた昭彦は、ぶすっとした表情のまま、

「ええ」

と曖昧な返事をしていた。

食堂の窓硝子は、暖房のせいで曇っていた。滝田がこまめに拭いていたが、大人数がこの部屋にいるために、すぐ曇りが発生してしまうようだ。

「滝田、もういい。いちいち窓を拭くな」

豊川氏が苛立たしげに言った。

「はい、しかし……」

と滝田は困ったような表情を見せた。

「多少窓が曇っていても、監視はできる。眼の前でちょろちょろされては目障りだ」

「……失礼いたしました」

滝田は申し訳なさそうに下がった。

大きな窓硝子は露を浮かべ、雨でも降っているかのように濡れていった。しかし月光亭の姿は薄ぼんやりとではあるが、見えている。導師の手にあった蠟燭の灯が揺らいでいる様がはっきりわかった。

私は窓の外と部屋の中を交互に観察していた。監視者の中で真剣だったのは、豊川氏と俊介だけだった。三姉妹は思い思いにお茶を飲んだりぼんやりしながら、時間が過ぎるのを待っているようだった。

「俊介君、眠い?」

冬子に声をかけられて、俊介ははっとしたように顔を上げた。少しうつらうつらとしていたようだ。

「いえ、大丈夫です……」

俊介はどぎまぎしながら、答えた。自分が眠りそうになったのを恥じているのか、耳まで真っ赤にしている。

「眠かったら寝ていいのよ。別にあなたまでがこんなことにつきあう必要はないもの」

「いえ、ほんとに大丈夫ですから」

少しむきになったような口調で、俊介は言った。

「そう? ならいいけど……、ところでその猫ちゃん、女の子?」

「はい」

「可愛いわね。名前は?」

「ジャンヌといいます」

「ジャンヌかあ。なんだか勇ましい名前ね。おいで、ジャンヌ、ほら」

と、冬子は食卓越しにジャンヌに手を伸ばした。ジャンヌはその指先を嗅いでみたが、何も食べ物が載っていないことを確認すると、顔を背《そむ》けて体を丸めてしまった。

「まあ、気位が高いのね、この子は」

冬子が少し気分を害したような顔で言った。

「駄目よ、無闇に手を出しちゃ」

夏子が馬鹿にしたように言った。

「猫なんて、どんな黴菌《ばいきん》持っているかわからないんですもの。へたに噛まれたりしたら大変よ」

昼間は自分からジャンヌに手を出して拒否されたのを忘れてしまったのか、夏子はずいぶんひどいことを言った。あるいは、自分が拒否されたことを根に持っているのかもしれない。

「ジャンヌには、黴菌なんてありません」

俊介は怒っていた。私はそっと彼の肩に手を置いた。俊介は立ち上がりそうになっていたのを、やっとのことでとどまって、それでも夏子の方をじっと睨んでいた。

「姉さん、無神経すぎるわ」

俊介のかわりに冬子が怒りだした。

「この猫はこの子の大事なペットなのよ。それを黴菌だなんて、ひどい言い方よ」

「あら、あたしは冬子のことを心配して言っただけなのよ。どうして怒るの？」

夏子は不機嫌さを滲《にじ》ませて応えた。

「およしなさい。みっともないわよ」

春子が諭《さと》すように口を挟んだ。

「傍《はた》から見てると、まるで子供の喧嘩と変わらないわ」

「子供とは何よ！」

夏子と冬子が同時に反発した。春子は憤慨している妹たちを見やって、

「そういう反発のしかた、子供そのものじゃないの。みっともないどころか、哀れになってくるわね」

「よさないか、三人とも」

手にしていたブランデーグラスを置いて、豊川氏が娘たちをたしなめた。

夏子と冬子は父親の一喝で黙り込んだが、不満そうな色を隠せないでいた。ひとり春子だけが、静かな表情のままでいた。

そして豊川氏は娘たち以上に不機嫌だった。

「まったく、信子はどこにいるんだ……、滝田、ちょっと見回ってきてくれないか。信子がどこにいるか」

「かしこまりました」

滝田は一礼して食堂を出ていこうとした。それを豊川氏が呼びとめて、

「部屋を覗いてみるだけでいいぞ。こまかく部屋の中を調べるな」

「はい」

滝田はそれから十分ほどで戻ってきた。

「奥様は、どこにもお姿が見えませんが」

「なんだって?」

豊川氏は苛立たしげに立ち上がった。

「まったく、こんな時に何をしているんだ……。どこかに出かけたのか？」

「いえ、お履き物は残っておりますので、そのようなことはないと思いますが」

「それでは、一体……」

そう自問しながら、豊川氏は腕時計を見た。そして何事かを呟いた。

その時である。急に部屋の明かりが消えたのだ。

真っ暗になった食堂の中で、悲鳴があがった。

「どうしたんだ！　何があった⁉」

豊川氏の怒号が響いた。

「停電です！　停電のようです！」

うろたえた声で滝田が叫んだ。

「みんな、あぶないから床に……」

豊川氏が言いかけるのを私がさえぎった。

「動くな！　動くんじゃない！　皆さん、自分の席に戻ってください！」

「そんなこと言ったって！」

と三姉妹の誰かが言った。

「どこに何があるか、わからないわよ！」

「とにかく、落ち着いてください。闇雲に動くと危険です。俊介、大丈夫か？」

「はい」

俊介の声は私のすぐ隣で聞こえた。私が手を伸ばすと、彼の小さな体がすがってきた。

「ジャンヌはいるか？」

「います。大丈夫です」

「よし……。皆さん。こういう場合には落ち着きが肝心ですよ。転んで怪我《けが》しても恥ずかしいだけですからな」

私はできるだけ平静な口調を心がけながら言った。

「なあに、別に地震があったわけでもない。ただの停電でしょう。少しすれば眼が闇に慣れてきて、周囲の様子もわかるようになりますから、心配しないでください」

私の説得がやっと効果をあげたのか、姉妹たちの悲鳴は小さくなった。

「滝田さん。配電盤はどこですか？」

「は……、あの、勝手口の上ですが」

「案内してください。あ、その前に蠟燭はありませんかな？」

「蠟燭ですか？」

滝田の声は何か間が抜けたように聞こえた。まだ正気に戻っていないようだ。

「そうです、蠟燭です。罪を犯すと入れられる所です。おっと、あれは牢獄か」

我ながら下手な冗談だと思った。だが、かすかなくすくす笑いが聞こえてくるところをみると、場の雰囲気をなごませる役にはたったようだ。

「蠟燭はございませんが、懐中電灯ではいけませんか？」

「けっこうです。持ってきてくれませんか」

「それでしたら、少しお待ちください」

誰かが壁伝いに歩いていく気配がして、足音が厨房の方に向かった。暫《しばら》くすると足音の消えた方で明かりが灯り、そして懐中電灯をふたつ持った滝田が戻ってきた。

「これでよろしゅうございますか？」

「上出来ですな。では一緒に配電盤を見に行きましょうか」

私は懐中電灯のひとつを受け取り、ひとつを食卓の上に置いた。

「では俊介君はここに残ってくれ。私はすぐ戻ってくる」

「はい、気をつけて」

ジャンヌを抱えた俊介は、ここはまかせろ、と言わんばかりの口調で応えた。なかなか頼もしい。

「じゃ、頼んだよ」

滝田の案内で配電盤の所まで行き、蓋を開けて懐中電灯をかざしてみると、案の定ブレーカーが一ヵ所だけ落ちていた。

「やれやれ、しかしどうして落ちたのかな？」

私が首を捻ると、後ろから覗き込んでいた滝田も、

「さあ……、別に電気をたくさん使っていたわけでもないのですが……」

と言った。

「ひょっとして、漏電《ろうでん》かもしれんな……。だとすると火事の危険があるが……」

「私が後で見回ってきましょう」

「頼むよ」

そう言って、私はブレーカーのスイッチを入れた。

「これはどの部分のブレーカーなのかね？」

「たしか、一階と二階の分だと思います」

「では勝手口もこのブレーカーでいいんだな。ちょっと電気をつけてくれないか」

滝田がスイッチを入れると、電灯が眩《まばゆ》く光った。

「どうやら大丈夫のようですね」

滝田が眼を細めながら言った。

「じゃあ、すまないが急いで部屋を見回ってきてくれないか」

「かしこまりました」

滝田は走るようにして消えた。

私が食堂に戻ると、室内は明るくなっていた。

「どうでしたかな？」

豊川氏が尋ねてきた。

「やはりブレーカーが落ちておりました」

「そうですか。で、滝田は？」

「今、どこかで漏電でもしていないか、調べに回ってくれていますよ」

「ほう……」

豊川氏はなぜか複雑な表情になった。

「変わりはなかったかね、俊介君」

私が訊くと、俊介は答えた。

「月光亭の明かりが消えてます」

「なんだって?」

振り向くと、たしかにさっきまで小さく見えていた蠟燭の光が消えていた。

「いつ消えたんだろう?」

「わかりません。さっきの停電騒ぎの時だと思います。野上さんが出ていってから外を見たら、消えているのに気づいたんです」

俊介は肝心なところを見逃したのが悔しいのか、唇を嚙んで俯いた。私は彼の肩を叩いて言った。

「そうか、きっと蠟燭が尽きたんだろう。そう言えば、そろそろ午前零時だな……」

私は腕時計を確かめ、豊川氏に、

「では、月光亭に参りましょうかな。導師の奇跡を見るために」

「そうですな。そうしましょう」

豊川氏は何かに気を取られているように上の空の様子で立ち上がった。

私たちは再び寒い中を月光亭まで歩いた。小さな建物は、闇に溶け込んでうずくまっていた。それはまるで、何か異形のものが身を潜めているようにも見える。そして私たちが来るのをじっと待っているようにも見える。そんな妄想にかられて、私は身震いした。

月光亭の周囲は建物を中心とした同心円状に石畳が埋め込まれている。その手前まで来ると、不意に豊川氏は足をとめた。

「どうしました?」

私が訊くと、豊川氏は不安そうに身をかがめて、

「いや……別に……」

と言った。そしてそのまま亭の入口に近づいた。

「ふむ、扉の錠前は、そのままのようだ」

豊川氏はさっき差し込んだ南京錠を手にして言った。たしかに錠前はかかったままであった。

その時、

「野上さん……!」

俊介が呼びかけてきた。その声に切迫したものを感じて、私は急いで声のした方へ向かった。

俊介は硝子張りの部屋の前に立っていた。まるで硬直したように、部屋の中を凝視《ぎょうし》している。

「どうした?」

私が訊くと、彼は黙って部屋の方を指差した。

硝子張りの部屋の中は暗くてよく見えない。だが、母家から届くかすかな明かりのおかげで、

それの形だけは見えた。

それは床に転がっていた。大きなふたつの椅子の間で、ぴくりとも動かない。だが、その形は明らかに人間だった。

何かただならぬ事態になっているようだった。

私は扉の方に駆け戻った。

「豊川さん、早く扉を開けてください！」

「何かあったのですかな？」

私のかわりに懐中電灯を持った豊川氏が、怪訝《けげん》そうな声で訊いた。

「わかりません。よく見えんのです。だから早く！」

私がいきり立って言うと、やっと豊川氏は鍵を錠に差し込んで、開けてくれた。私は引きちぎるようにして扉を開け、中に飛び込んだ。

途端に何かに足をとられて、ひっくり返った。

「大丈夫ですか？」

俊介の声がした。私は転んで打った膝を抱えて呻《うめ》いた。

「豊川さん、電灯のスイッチはどこですか？」

俊介が尋ねた。

「いや、ここには電灯はないんだ。導師もここでは蠟燭だけで暮らしていた」

豊川氏が答える。

「じゃあ、懐中電灯を貸してください」

俊介がそう言うのと、眩しい光が私に向けられるのが同時だった。

「野上さん、大丈夫ですか?」

「ああ、膝を打ったようだが、大丈夫だよ」

私はそう言って、ゆっくり立ち上がった。そんなにひどく打ってはいないようだ。

そして私は、やっと自分の周囲を見回すことができた。

「一体、これはどうしたことだ?」

私が躓《つまず》いたのは畳だった。畳がひっくり返っているのだ。いや、畳だけではない。部屋の中のあらゆる物が、目茶苦茶にされているようだった。

「誰がこんなことをしたんだ? 盛大に家捜ししたようにも見えるが……」

「そんなことより、あっちの方を……」

俊介に促されて、やっと私は思い出した。

「そうだ、隣の部屋だ!」

私は足元に気をつけながら隣の部屋の扉に手をかけた。鍵はかかっていなかったが、内側に開く扉だったので、転がっている箱が邪魔をしてうまく開かなかった。俊介と豊川氏が手伝ってくれて、やっとのことで扉を開けると、私は硝子張りの部屋に入った。

それは、頭を扉の方に向けて倒れていた。白っぽい布に身を包んで、大の字になっている。

手首が縄のような物で縛られていた。いや、よく見ると足も、首も、胴体も、縄で縛られている。その縄は、床に釘で打ちつけられていた。

つまり、床に磔《はりつけ》にされていたのである。

私は息を呑んでこの光景を見つめていた。あまりにも現実離れした事態に、言葉もなかったのだ。

だが、気を取り直した私は、縄の状態をよく見ようと右手に眼をこらした。

右の掌《てのひら》に何かがこびりついていた。触れてみると、小さな破片になってこぼれる。

「蠟……？」

蠟涙《ろうるい》が、掌いっぱいに広がっているのだった。その中心に燃え残った芯が覗いている。蠟の流れは手首の縄にまで達し、縄と掌を包むようにしていた。

「野上さん、誰なんですか、これは？」

後から入ってきた俊介が私に尋ねた。彼も興奮しているようだったが、その声はまだ冷静さを失ってはいなかった。

逆に茫然としていた私は、その声で我に返ったくらいだ。

「あ、いや……、よくわからんが、とにかく懐中電灯を……」

と言いかけた時、急に頭上が明るくなった。

雲が切れて、月が顔を出したのだ。

月の光が月光亭に注がれ、床に磔になっている人物を照らし出した。

たちまち爆発するような悲鳴が響いた。硝子越しに様子を窺っていた姉妹たちが、月光に照らし出された顔を見てしまったのだ。それは——。

この世のものとは思えないほどの恐怖に顔をひきつらせて息絶えている、信子夫人の顔だった。

第八章　磔にされた死体

通報によって警察の一隊が到着したのは、三十分後のことであった。

耳障りなサイレンの音が夜の静寂《しじま》を切り裂くように近づいてきて屋敷の前で停まったかと思うと、乱れた足音がいくつも庭の方から聞こえてきた。今までに何度も聞いたことのある音だ。

その音に交じって、やはり聞き覚えのある声がした。

「こら武井《たけい》！　ぼけっとしてるんじゃない！」

その声を聞いた瞬間、凄惨な殺人現場にいることも忘れて、私は頬が緩んでくるのをとめることができなかった。どうやらこちらに向かっているのは、我が友人であるらしい。

やがて警官、刑事、鑑識員の一群が姿を現わした。その先頭を歩いていた男が、大股でこちらにやって来る。

「まったく、なんだこの庭は。まるで迷路じゃないか。おい、武井！　武井はどうした！　いるなら返事ぐらいしろよ。鑑識の人間が道に迷ってないかどうか見てこい。それから池田《いけだ》、一緒に来い。ぐずぐずするな。寝惚《ねぼ》けてるんじゃないぞ」

男は行軍でもしているみたいに芝生の上を勇ましく踏み越えると、食堂の前に突っ立っている私たちの前に立った。食堂から洩れている明かりに照らされて、銀縁眼鏡の奥から鋭い眼差しが光った。だが、私を認めるとその光が急にやわらいだ。

「おや、野上さんじゃないですか。もう来ていたんですか？　さすがに早いですねえ」

「いや、それには事情があってね、高森《たかもり》警部」

捜査一課の高森貴之《たかゆき》警部とは、彼が新米刑事の頃からのつきあいであった。当時からその行動力と正義感は天下一品で、石神法全も「あれで口の悪さとお喋りをもう少し控えてくれたら、うちの事務所に雇ってもいいんだがね」と苦笑まじりに話していたことがある。たしかに一見調子者のような印象を受けるが、捜査の勘所を押さえるのがうまく、独自に解決した事件も数多い。昇進試験も一回で合格して、三十代半ばにして警部となり、今や一課の中枢となっている。もっとも部下や容疑者をあたりかまわず怒鳴り散らすので、「鬼高」という仇名《あだな》が密かに囁《ささや》かれているのだが。

その高森警部と私はどういうわけか馬が合って、何度か同じ事件の捜査で協力したことがあった。普通、探偵と刑事というのは犬猿の仲とは言わぬまでも、あまりしっくりくるものではないが、彼とだけはなぜか仕事がやりやすい。恐らく彼が、探偵に対して妙な対抗意識を持っていないからだろう。

「事情ですか。すると事件の起きる前からここにいるんですか？」

「そうなんだ。私がいながらこんなことになって、甚だ遺憾であるがね……」

「名探偵がいたって名医がいたって、人間ってのは死ぬ時は死ぬんですよ」

私を慰めるつもりで言ったのかもしれないが、遺族の前では少し不謹慎な発言だった。だが警部はそんなことには一切頓着しない様子で、

「それでは、まず仏さんに会わせてもらいましょうか。野上さん、一緒に来ますか？　どうせ野上さんのことだから警察が来るまでは、現場保存のためにろくな捜査はしてないでしょ？」

「そうだね、そうさせてくれ」

私はそう言って、俊介に目配せした。

「おや、この子は誰なんです？　この家の子ですか？」

高森警部が不審そうに尋ねた。

「いや、この子は石神さんの紹介で一週間ほどうちに来ている狩野俊介君だ。探偵の卵だよ」

「狩野俊介です。よろしくお願いします」

俊介は緊張しているのか、それとも警部に脅えているのか、小さな声で言った。

警部は少し考えるように俊介を見ていたが、

「まあ、いいですけどね。しかしこんな子供に耐えられるかね？　相手は死体だよ」

「大丈夫です」

私が答える前に、俊介が言った。

「その言葉、嘘じゃないな？」

警部はすごみのある声で訊いた。俊介は少したじろぎながらも、しっかり頷いた。

「よし、じゃ、ついてこい」

そう言うと、警部は現場に向けて歩き出した。私と俊介はその後に、そしてジャンヌは私たちの後についてきた。

「おい、池田、おまえはここで事情聴取をしてろ。後で聞くからな」

「ほおい、了解しました」

池田刑事は少し間延びした返事をする。彼は高森警部の一番古い部下だ。始終警部に怒鳴られているが、性格が鷹揚《おうよう》にできているのかほとんど効果はないようで、いつでもにこにこしながらゆったりと仕事をこなしていた。だがこのふたり、案外良い組合せなのかもしれない、と私は思っているのだ。

月光亭のまわりには既に縄が張られ、鑑識員が照明を用意していた。私たちが辿り着くと同時にいくつもの電灯が光り、あたりを昼よりも眩しくした。急な光に驚いてひとりの刑事がよろめき、あやうく電灯を倒しそうになった。

「何やってるんだ！　馬鹿もんが！」

すかさず警部の叱責《しっせき》が飛ぶ。

「武井、備品だって安くねえんだからな、気をつけろ」

武井と呼ばれた若い刑事は直立不動の姿勢になって、

「は、申し訳ありません」

と謝った。警部はそれを見て呆れたような表情で、

「おい、そんなに堅苦しい態度はやめてくれよ。背中が痒《かゆ》くなるぜ。おっと、そうだ。野上さん」

と警部は私を見て、

「紹介しておきましょう。今度うちに来た武井です。武井、こちらは石神探偵事務所の野上さん。今は所長さんだったな。あの名探偵石神法全の一番のお弟子さんだぜ。俺たちみたいな人間とは頭の出来が違うからな、よおく教えてもらうんだぞ」

「おいおい、高森警部……」

警部の半分揶揄を含んだ紹介に私が辟易《へきえき》しながら抗議すると、警部は笑って、

「いいからいいから」

と言った。すっかり真に受けたらしい武井刑事はまた棒を呑んだように背筋を伸ばして、

「は、武井であります。よろしくお願いします」

と敬礼までしてみせた。

「思い出すねえ、警部。昔の君もこんなに純真だった」

「俺は今でも純真ですがね。さて、仕事に取りかかりましょうか。しかし……」

と、警部は硝子越しに照明を当てられ今や全体を光の中に晒している信子の死体を見つめながら、

「いったいぜんたい、誰がこんなことをしたんだ?」

月光亭見取図

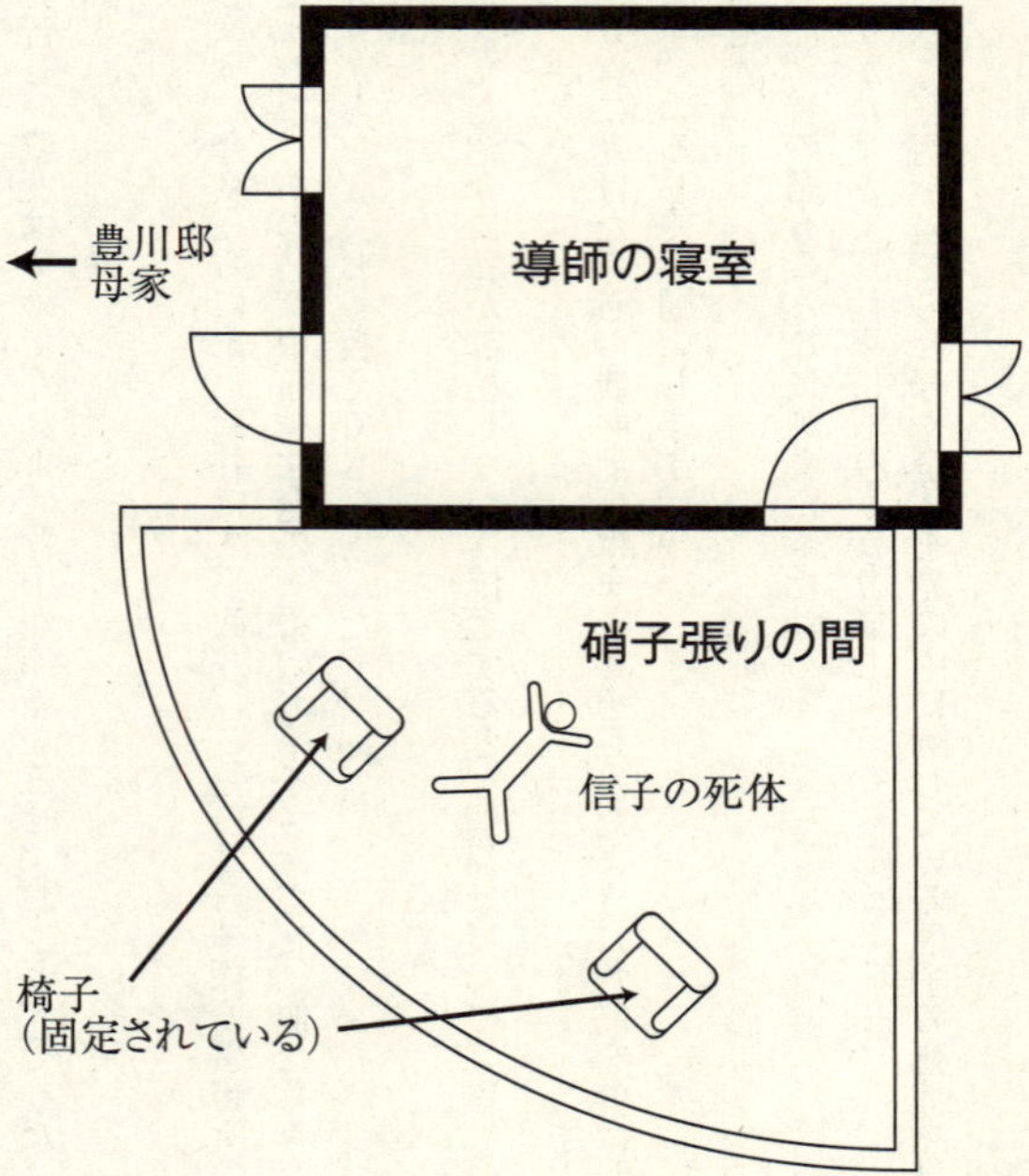
豊川邸
母家
導師の寝室
硝子張りの間
信子の死体
椅子
(固定されている)

「それを調べるんだろ？」

私が言うと、彼は眉をひそめて、

「たしかにね。そいつがわかってたら、わざわざこんなとこまで来なくていいわけだ。しかし、気にいらないね」

「何が？」

「こういう芸当がですよ。なんだってこんな酷《むご》い真似をしたんだろうね？　まるで小人の国に漂流した何とかという男みたいじゃないですか」

「すると犯人は小人かね？」

「だったら楽だ。このへんてこな家に鼠取りでも仕掛けておけば、すぐ捕まえられる」

警部はそう言うと、煉瓦造りの方に回って、中に入っていった。

「おいおい、現場は保存しておけよ。なんだ、この散らかし方は？　まるで台風でも来たみたいじゃないかよ」

警部はたちまち癇癪をおこした。

「いや、高森警部。この部屋は最初からこんなふうになっていたんだよ」

私が説明すると、警部は面食らったような顔になって、

「なんだってまた、こんなことになってるんだ？」

「さてね。信子さんの死体が床に磔にされていることといい、この目茶苦茶な荒らし方といい、どうもこの事件には妙なことが多すぎる」

私は思わず溜め息をついた。

「でも、逆にその方が良かったかもしれません」

と、俊介が言った。私は驚いて尋ね返した。

「どうしてかね？　どうしてその方が良いのかね？」

「信子さんを床に縛りつけたり部屋を荒らすためには、かなりの力がいると思います」

俊介は自分自身に確認するように言った。

「それだけのことをするのは、きっと何か理由があるんだと思います。その理由さえわかれば、きっと犯人もわかると思います」

「なるほど、悪くない見方だ」

高森警部が倒れている本棚に足を取られながら言った。

「おっとっと。それで狩野君、なぜ犯人がこんなことをしたのか、理由はわかるのかな？」

「それは、まだわかりません」

俊介は警部の突っ込みにも悪びれる様子もなく答えた。

「でも、きっとわかると思います」

「ほう、それはすごいや。当てにしてるからな」

警部はあまり本気にしていない口調で言った。

「ところで、この家は何なんだ？　隣の水槽みたいな硝子張りの部屋とこの畳敷きの部屋ではなんだかつりあいが取れていないが、一体何のために造られた家なんだろうな？」

「月見のためだそうだよ。さっき当主の豊川氏がそう言っていた」

「月見？」

「ああ、月光亭という名前もついているそうだ。なんでも豊川氏の祖父にあたる人が造ったそうだが……」

「豊川家の当主の祖父《じい》さんと言うと……」

と警部は指を折って数える真似をしていたが、やがて手を叩いて、

「そうか、するとこのへんてこな家も面倒な庭と同じで、あの天福翁《てんぷくおう》の悪戯ですか」

「天福翁？」

今度は私の方が警部の言葉を聞き返す番だった。

「あれ、知らないんですか？　この家の先々代当主豊川寛左衛門《かんざえもん》の雅号《がごう》ですよ。俺たちが子供の頃、よく女の子が手鞠《てまり》をつきながら歌ってましたよ」

警部はそう言うと、低く呟くように歌ってみせた。

異人館の天福翁　札に火をつけ煙草を吸うて
舟をかつがせ　お山にお花見
お屋敷ひと呑みしてござる
「なんだか、よくわからない唄だね。天福翁という人物が奇人だったらしいことはわかるが

……」

「俺も内容はよく知らんのです。手鞠なんてしたことはないですからね。ただ天福翁というのが金にあかせて破天荒なことをしたって話はよく聞きましたよ」

「どんなことですか？」

俊介が訊くと、警部は頭をかいて、

「えっと、よく覚えてないな。まあ、半世紀以上も昔の話だから、この事件には関係ないだろ。そんなことより、仕事させてくれよ」

そう言うと、高森警部は隣の部屋に入っていった。

「俊介君、ここで待っているかね？」

「いえ、大丈夫です。一緒に行きます」

私は頷いて、警部の後に続いた。

強い光に晒されて、信子の死に顔は妙にのっぺりとしていた。最初に見た時は月の淡い光のせいか、陰惨なまでの恐怖がその表情に滲んでいるように感じたのだが、こうして見ると単なる驚きの表情のような気もしてくる。死の間際にこれほどの驚愕を見せるのもまた、不審なことではあるのだが。

もうひとつ、おかしなことがあった。

「高森警部、死斑《しはん》が……」

私が言いかけると、警部はわかっているというように何度も頷いた。

「この仏さん、一度引っくり返されてるね」

死体の白い頰にかすかな暗褐色の点があった。紛れもなく死斑である。

「シハンって、なんですか?」

私の後ろにいた俊介が訊いた。

「心臓が停止すると血管中の血液が体の下側に溜まり、痣《あざ》のような斑点を作る。これが死斑だ。普通は死後二十分くらいで発生し、十二時間以上経つとその場所に固定する。だが死後十時間以内なら、死体を動かすと死斑も移動するんだよ。その実例が眼の前にあるわけだ」

見ていると、頰に染みていた斑がいくらか薄くなってゆくように見えた。

「どういうことなんですか?」

俊介が尋ねた。子供ながら死体をしっかり見据えているところなど、なかなか探偵らしい態度であった。

「つまり、この死体は最初はうつ伏せにされていたんだよ。だから顔の方に死斑が出ている。体が反転されて、まだ間がないようだね。今は体の前面に溜まっていた血液が背中側に移動している最中なんだ」

「間がないって、どれくらいですか?」

立て続けに質問されて、私も言葉に詰まってしまった。

「ううむ、そうだね……私もそれ以上は詳しいわけじゃないが……」

「二時間以内だ」

と、死体の足元にいた監察医が言った。たしか角田《つのだ》という名前だった。よく現場で顔を合わせるのだが、あまり話したことはない。

「死亡推定時刻は三時間から五時間前、つまり午後七時から午後九時の間だな」

「こいつの言うことは、信用していいですよ」

高森警部が言った。

「飲んべえで女好きで柄は悪いが、一応検死の腕だけは立派だからね」

「飲んべえで女好きはてめえじゃないかよ」

角田は突っかかった。

「おまえさんほどじゃないさ」

高森警部も言い返す。とてもじゃないが、殺人現場で交わされる警部と監察医の会話とは思えない。

振り向くと、俊介と武井刑事がはらはらしながらふたりの喧嘩を見ていた。他の署員や鑑識員はまるで無視して自分の仕事をしている。私もこのふたりのぶつかり合いは何度か見ているし、彼らが本気でいがみ合っているわけではないことも知っているので気にはしなかったが、仕事が滞《とどこお》るのは面白くない。

「それくらいにして検死を続けてくれないかね。死因はわかったのですかな?」

私が聞くと角田はあっさりと喧嘩を中断して、

「わからんな、司法解剖してみないことには。ざっと見たところ外傷はない。まだ背中は見てないがね。ところでこの縄は解いてはいかんのかね？　これじゃ満足に検死もできんぞ」

「もう少し待ってください。今終わりますから」

カメラを構えて縄の結び目を撮影していた鑑識員が言った。縄は化学繊維でできているようで艶《つや》やかに白かった。その縄がやはり血の気を失って白くなっている腕に食い込んでいる様子は、おぞましいと同時に何か官能的なものを連想させた。その縄は両端をかすがいで床に打ちつけてあった。

私は死体から眼を離し、硝子張りの部屋を見回した。そしてつい、思っていることを呟いてしまった。

「それにしても、導師はどこに消えたんだ？」

私の呟きは耳ざとい高森警部に聞きつけられてしまった。

「ドウシ？」

「誰なんです？　そいつは？」

「あ、いや……」

さて、どうしたものか。警察との協力関係を保つためには今回の事件に到る経緯や、私が依頼された件などを話すべきなのだろう。しかし探偵には守秘義務というものがある。依頼人の同意なしに内容を話すことはできないのだ。

私の逡巡を察したのか、高森警部は私の肩に手を置いて、じっと見据えながら言った。

「野上さん。あんたの立場はわかります。だがこれは殺人事件だ。そこんとこをよく考えてく

だよ」

こういう時の警部の眼はなかなか迫力がある。

「それはわかっているとも。だが、一応依頼主の豊川寛治氏に了解を取らせてくれないかね。こちらにも仕事上の倫理というものがあるのでね」

「いいですよ」

警部はあっさり言うと、手を離した。

「あとで一緒に豊川寛治のところに行きましょう。相手がのらくら言ったら俺が怒鳴りつけてやりますよ」

警部はそう言って、すごみのある笑みを浮かべた。やれやれ、この男だけは敵に回したくないものだ。

やがて縄が解かれた。やっとこや釘抜きを持った署員が次々とかすがいを抜いてゆく。作業は意外に簡単だった。

「じゃ、ちょっとひっくり返してみるか?」

高森警部が訊くと、角田は首を振った。

「いや、そっと持ち上げてくれるだけでいい。下手に裏返すとまた死斑が動く」

鑑識員が数人でそっと死体を持ち上げた。角田はその下を腹ばいになって覗いた。

「背中側にも目立った外傷はないな……。よし、そのまま運んでくれ」

担架が用意され、死体が乗せられた。

「おい、あんまり乱暴に扱うなよ！」

担架を持っていた鑑識員がもう一方を持った相棒に怒鳴る。

「そんなこと言ったって、この椅子が邪魔なんだよ」

怒鳴られた方は、この部屋の唯一の家具である木製の大きな椅子を思いきり蹴った。だが椅子は微動だにしなかった。

「痛《い》てえ……。どうしてこんな邪魔なものを床に打ちつけてあるんだよ」

ぶつぶつ言いながら、鑑識員は担架を持ち上げた。その時、右手の掌一面に垂れていた蠟のかけらが落ちた。

「慎重にやってくれよ。その蠟だって大事なんだからな」

角田が床に落ちた蠟のかけらを拾い集めた。

「この蠟燭も問題だよなあ」

警部の声はうんざりしているように低かった。

「なんで直接手の上で蠟燭なんか立てていたんだ？　まるでマゾじゃないか」

「たしかに謎だね」

私はそう言いながら、導師が椅子に座って掌で灯していた蠟燭の炎を思い出していた。

何か関連があるのか、それとも……。

「さて、そろそろ豊川家の皆さんと正式に会見しますかね」

警部が私に声をかけた。

「あ、ああ、そうだね。行こうか」

私は俊介を促し、月光亭から出た。

第九章　高森警部の訓戒

豊川家の人々は食堂で待機していた。

そこから月光亭での捜査風景を見ていたのだろう、私たちがそちらに向かって歩き出すと皆が不安げに視線を交差させていた。その様子が曇った窓越しにもよくわかった。

「どうも、いけないな……」

高森警部が呟いた。

「何がかね？」

「あの連中ですよ。俺の勘じゃ、あいつらみんな一筋縄じゃいかない人間みたいだ。話を聞き出すだけでもひと苦労しそうだ」

私はそれには答えなかった。

食堂に入ると、警部は開口一番、

「池田！　話は聞き終わってるか？」

と大声で怒鳴った。

「はい、一応終わってます」

豊川家の人々と一緒に椅子に腰かけて紅茶を飲んでいた池田刑事が、手帳を眼の前で振りながら言った。

「おい、仕事中に何やってるんだ?」

警部が呆れたように言うと、池田刑事は屈託のない笑顔で、

「いやあ、この家の紅茶、とってもおいしいんですよ。警部もどうぞ」

「いいかげんにせんか!」

警部の癇癪に飛び上がったのは当の池田ではなく豊川家の人間と俊介、そして俊介の肩によじ登っていたジャンヌだった。

警部が顔を真っ赤にしているのに、池田の方は悠長に席を立ち、

「まったく、警部はゆとりがないんだからねえ。はい、これが皆さんから聞いた話のメモです」

と手帳を差し出した。警部はそれをひったくるようにして取りあげ、眼を走らせていた。そして少し考え込むように眉間に皺を寄せた。警部はメモから眼をあげて池田刑事に何か聞こうとしたが、結局何も言わないで食堂に集まっている人々に向かった。

「それでは皆さん――」

と、警部はあっけにとられた様子の人々に向かって言った。

「この度はとんだことで、御愁傷様でした。こちらの奥さんの死はあきらかに他殺と思われます。これから我々は犯人を捜し出さねばなりません。そのためには、皆さんの協力が是非とも必要なわけでして。その点はご理解いただけるかと思います」

警部はあたりを睥睨《へいげい》するように、食卓の前に座ったひとりひとりに視線を合わせながら言った。

私は彼の視線の動きに合わせて、豊川家の人々の反応を観察した。夏子は不安げに俯き、春子はまるでつまらない講義でも聴いているかのように疲れた表情をしていた。冬子は涙をハンカチで拭きながら嗚咽《おえつ》を洩らしている。彼女が一番被害者の肉親らしい反応をしているようだ。その隣の島田昭彦は警部の視線を撥ね返すように睨んでいた。

豊川氏は脅えているようだった。先程までの傲岸《ごうがん》な態度は霧散してしまったようで、落ち着かない様子で体を揺すり、警部が見つめているのを感じると視線を逸らし、そしてまだ睨まれているかどうかとこちらを盗み見ていた。

逆に滝田の方は妙に態度が生き生きとしているように見えた。食卓の背後に立っている彼は、死体が発見されるまでのいささか卑屈なまでの表情が拭われて、宝物を手に入れた子供のように口許に笑みを滲ませている。この態度の逆転は何のせいなのか、私にはわからなかった。

高森警部はそんな様子に気づいたのか気づかなかったのか、皆がもじもじしはじめるまで充分すぎるほどの時間を置いてから話を再開した。

「遠からず豊川信子さんを殺害した犯人は逮捕されるでしょう。犯罪は隠し通せるものではないからです。しかし逮捕は一刻も早くなされなければならないのです。だからこそ、皆さんにはこれから隠しごとなどせず、賢明なる協力をお願いする次第です」

「あたしたちが嘘をつくと言うんですか？」

挑戦的に反論したのは夏子だった。まるで自分が名指しされたかのように、彼女は顔を赤くしていた。高森警部はそんな彼女の態度を面白そうに眺めて、

「そんなことは言ってませんよ。ただね、こういう場面になると人間ってやつは妙に防衛的になるもんでね。隠さなくていいことまで隠そうとする。まあ、相手が警察となれば疚《やま》しいことがなくっても話しづらいものらしい。しかしそういう隠しごとをしていることは必ずわかるんです。必ずね。そして我々は追及する。たとえそれが事件に関係のないことだとしても、関係がないとこちらが判断するまでは追及するしかないわけです。そうすると、こちらもしなくていい苦労をさせられるわけだし、あなたがたも不愉快な思いをするってわけですな」

警部は軽口をたたくような口調でそう言った。すると今度は春子が、

「では警察の方々は、わたしたちの個人的な秘密まですべて暴いてしまうおつもりなのですか？」

警部は春子を見つめ直し、少し表情をひきしめた。これは簡単にかわせる相手ではない、と思ったのだろう。

「場合によってはそのような領域まで踏み込むことになるかもしれません。しかし個人的な秘密は絶対他に洩らさないと約束しますよ。我々にも職業倫理ってやつがありますのでね」

私は春子がどう反論するか興味半分で見守っていたが、意外にも彼女はそれ以上何も言わなかった。これには警部も拍子抜けしたようだった。

「ところで豊川さん」

と警部は気を取り直して豊川氏に声をかけた。豊川氏は一瞬自分が呼ばれたのかどうかわからずに俯いたままだったが、もう一度警部に呼びかけられて飛び上がった。

「あ、はい……なんですかな?」

心ここにあらず、といった風情であった。

「豊川さんに是非お願いしたいことがあります」

警部はそんな豊川氏の態度には無頓着な風で言った。

「ここにいらっしゃる野上さんに何かを依頼されましたね?」

「はい……」

「野上さんにも今回の事件には協力をお願いしなければならないんですが、いかんせん野上さんは、依頼主である豊川さんの承諾がないことには、ここに来た理由も何も話せないと言われるのですよ。それで一応おことわりをしておきたいと思いましてね」

「と、言われますと?」

豊川氏は話が理解できないかのように尋ね返した。警部は下を向いて何かを呟いた。たぶん面と向かっては差し障りのある悪態だろう。それから再び顔をあげ、

「ですからね、依頼された内容とその捜査の結果などを、野上さんから聞くことを承認してい

ただきたいわけですよ」

「それは……しかし……」

と豊川氏は口籠もる。これが死体発見まで天下人のようにふるまっていた同じ人物だろうかと疑うほどの豹変ぶりである。

私は豊川氏に言った。

「私からもお願いします。家庭内の問題だけであれば、私も秘密は厳守したいのですが、このような悲惨な事件が起きてしまった以上、もう下手な隠しだてはすべきではないと思います。それに今回の事件には、豊川さんが依頼された件が大きく関わっていると判断せざるをえませんからね」

「どうしてそう言えるのです?」

豊川氏は反論した。必死の反論のようだった。私は言った。

「理由は明白です。導師が消えているからです」

「それは……」

と言いかけて、豊川氏は黙り込んだ。

「そう、そのドウシとやらは、一体何者なんですか? それさえも秘密にしておかなきゃならないんですか?」

警部が勢い込んで問いただそうとするのを、私がとめた。

「警部、まあ落ち着いてください。よろしいですね、豊川さん?」

私の念押しに豊川氏はまだ逡巡しているようだったが、やがて小さく頷いて、

「わかりました……」

とだけ言った。私と警部は一緒に溜め息をついた。

「それでは野上さん、あらためてお訊きしますがね、ドウシって何者です？　あなたは何を依頼されてここに来たんです？」

「まあまあ、そう一度に訊かれても困るよ。順に話すから落ち着きたまえよ」

私は昨日豊川氏が私の事務所を尋ねてきた時から信子の死体を月光亭で発見するまでの経緯を丁寧に話した。

私が話している間、警部はメモを取ったり私や豊川氏の方に視線を走らせたりしていたが、導師が奇跡を起こすと宣言して月光亭に籠もり、私たちが午前零時に様子を見に行った時には彼の姿が消えていて、かわりに信子の死体があったという話をすると、信じられないと言いたげな表情になった。

「それは、本当の話ですか？」

「もちろんさ。こんな時に法螺《ほら》話をする趣味はないよ」

「なんとねえ……」

警部は途方に暮れたように頭を掻きむしった。

「するとなんですか、俺たちはあのへんてこな死体の謎を探るだけじゃなくて、その導師とやらが煙みたいに消えちまったという、その謎まで解決しなきゃならんわけですか？」

「そういうことだね」

「たまらんな、それは」

警部は両手をあげて天を仰ぐ真似をした。そして食卓についている人々に向かって言った。

「誰か、この馬鹿馬鹿しい事件について説明できる人はいませんか？　実はこうなんですって解説できる人は？　あるいは自分が犯人ですって言える人は？　自首するなら今のうちですよ」

「私たちの中に犯人がいると言うのかね！」

それまで沈んでいた豊川氏が、警部の言葉を聞いていきり立った。

「失礼な！　どうして家族の者が信子を殺さなきゃならんのかね？　それこそ馬鹿馬鹿しい」

「まあまあ、豊川さん」

と警部は豊川氏の怒りを軽く受け流した。

「我々が欲しいのは情報です。皆さんの中で今回の事件を解決するための情報を持っている人がいるなら、あらかじめ教えておいて欲しいんですよ。その方が奥さんも浮かばれると思うんですがね」

「しかし、我が家に殺人犯がいるなどと……」

豊川氏はまだ釈然としない様子でぶつぶつ言っていた。

警部は豊川氏を横目で見ながら、全員に宣言するように言った。

「とにかく皆さん、我々はこれから徹底的に事実を究明します。そのためには皆さんの協力が不可欠なわけです。先程うちの池田が皆さんに事件前後の様子などをお聴きしましたが、あらためてひとりずつお話を聴きます。既にお話しくださったことと重複するかもしれませんが、正確を期するためにご理解いただきたいと思います。豊川さん、隣の部屋をお借りできませんか?」

豊川氏は渋々協力するんだぞと言いたげな態度で、ただ頷くだけだった。

「ありがとうございます。じゃあ野上さん、向こうに行きましょうか。こちらで順次お呼びしますから、それまでここで待っていてください。おい池田、一緒に来い」

食堂の隣はこぢんまりした休憩室になっていた。その中心に据えられた深紅のソファに警部はどっかと腰を降ろした。

「やれやれ、予想どおりだ。ここのやつらはみんな狸ですな」

「どこの家にも隠された事情ってやつがあるんだよ」

私と俊介は警部の向かいのソファに座った。警部はうんざりした顔で、

「その事情を探り出さなきゃならないわけだ。まったく……おまけに導師とかいう変な奴の行方も探さなきゃならんとはね。野上さんの話を聴きながら、俺は正直うんざりしましたよ」

その時、黙り込んでいた俊介が口を挟んだ。

「でも警部さん、ここに来る前から導師のことは知ってたんでしょ?」

「何だって?」

警部は虚をつかれたように俊介を見つめ返した。

「どうしてそう思うんだ？　俺が何か言ったか？」

「いいえ、何も言ってません。だからそう思ったんです」

　俊介は少し得意そうに言った。

「警部さんは食堂に入ってくるなり、池田さんがみんなから事情を聴いたメモを見ましたよね。池田さんは絶対に導師のことをみんなから聴き出していると思います。だからあのメモにも導師がどういう人か書いてあったはずです。だけど警部さんはメモを読んだ後も導師のことなんてまるで知らないような話し方をしていました。だから僕は、警部さんが先に導師の話を聞いていてこの家にやって来たのじゃないか、と思ったんです」

「どうして警部は導師のことをあらかじめ知っているのに、そんな演技をしたのだろうね？」

　私はあえて尋ねてみた。

「それはきっと、警部さんが前から導師を怪しい人間だと疑っていたからだと思います。だから導師のことを最初から聴き出すために、警部さんは知らないふりをしたんです」

　警部は私と俊介のやりとりを面白そうに聞いていたが、やがて大声で笑い出した。あまり急なことなので俊介はびっくりしたようだ。ジャンヌなど驚きのあまりソファの下に逃げ込んでしまったくらいだ。

「いや、すまん。猫を脅かしてしまったようだな」

　警部はまだ笑いの発作を止められないのか、言葉を途切らせながら、

「なるほど、あの石神さんの紹介だけあって、なかなか鋭いじゃないか。見事な推理だよ、名

探偵狩野俊介君。だがね――」

と、警部は笑った時と同様に急に真顔になって、

「ひとつだけ忠告しておく。探偵ならそうした技術は絶対必要だろうが、それをあまり吹聴《ふいちょう》しないように気をつけな、いいな?」

「どうして、ですか?」

俊介が傷ついたような顔をしたので、私がかわりに言った。

「誰だって、自分の心を他人に読まれるのは好きじゃないだろ? 君が言葉の端々から人の心の動きを読み取る力があると知ったら、みんなが君に対して警戒心を持ってしまうだろう。そうしたら君は相手の心に壁を作ってしまうんだ。わかるね?」

俊介は私の言葉を聞いているうちに何かに思い当たった様子で、はっと息を呑んだ。

「どうしたね?」

「あの……同じことを石神先生に言われたんです。その時はあんまり意味がわからなかったけど……そういうことなんですね」

俊介は立ち上がって警部に頭を下げた。

「ごめんなさい。もうしません」

これには警部の方が面食らってしまったようだった。

「おいおい、そうまでしなくてもいいんだよ。君の推理力はたいしたものなんだから、これからおおいにその力を利用するといい。ただ、配慮だけは忘れないようにな」

「はい」

俊介は答えた。

警部は満足そうに頷き、

「よし、じゃあ事件の話に戻ろうか。狩野君の推察どおり、導師って奴のことは知っていましたよ。実は警察に女性の声で密告の電話がありましてね」

「密告?」

「ええ、『豊川家に住みついている導師という男はとんでもない詐欺師で、奥さんにとりいってその財産をくすねようとしている』って言うんですよ。しかしそう言われても実際に犯罪が行なわれたわけじゃないから、警察としても迂闊に手は出せない。それでとりあえず導師という人物についてわかるだけのことを調べてみようということになって調査を始めたばかりだったんです」

「なるほどね。しかしそれは捜査一課の仕事じゃないだろう? どうして警部がそんなに詳しく知っているのかね?」

「それがですね、導師らしい人物の資料がうちにあったんですよ」

「ほう、すると導師は犯罪者だったのか?」

「ええ、犯罪者といってもつまらない窃盗とか詐欺しかしていないんですがね。本名は木村武《きむらたけ》史《し》と言って三十七歳で前科四犯。最近では手形詐欺で捕まって一年前に出所したばかりでしたよ」

「そんな人間が宗教家を装っていたのか。信じられんな……」

「そういう商売が一番騙しやすいんでしょうよ。なんたって口だけが資本の元手要《い》らずだからね。木村って奴は元々はまっとうな会社員だったらしいんだが、会社の金を横領して大穴を開けてしまったそうなんです。その穴埋めに会社の女の子を誑《たぶら》かして預金を全部分捕《ぶんど》っちまったとかで。それがばれて横領と結婚詐欺で捕まったのが最初の前科ってわけです。それからはもう坂道を転がる石みたいなもんですよ。口の達者な奴だったらしくて、みんながころっと騙されたようですね」

私は食堂で豊川氏とやりあっていた導師――木村武史のことを思い出していた。私が見るところではそれほど魅力のある人物には見えなかったのだが、やはりあの整った顔立ちに女性が好感を持ったのかもしれない。

「しかし、そこまでわかっていたのなら、どうして直接本人を取り調べてみなかったのかね?」

私が尋ねると、警部は渋面を作って、

「今話したことは、つい昨日わかったことなんですよ。それでこれから御本尊に対面しようと思っていた矢先に、ぱっと――」

警部は眼の高さまで上げた拳を開いて、

「どこへともなく消えちまった、というわけです。一体、あいつはどこに行ったんでしょうね?」

「さてねえ……」

私はあらためて考え込んだ。

「正直な話、見当もつかないんだ。月光亭はあの時、完全に密閉されていた。唯一の扉には外側から南京錠が掛かっていたし、窓も全部内側から閉まっていた。導師が寝室に使っていたらしい部屋は周囲が煉瓦で作られていて堅固そのものだったし、信子さんが死んでいた部屋は硝子張りだが、どこにも抜け出せるような場所はない。もちろん、硝子が割られた形跡もなかった……」

「なのに、いるはずの導師は消え失せ、かわりに信子が床に磔にされて死んでいた、と。自分の眼で見てなきゃ、絶対に信用できない状況ですな。俺はね野上さん、こういう事件ってのが嫌いなんですよ」

「確かに難しい事件だしね」

「いや、そういうことじゃないんです。たとえば喧嘩でカッとなって相手を殴り殺したとか、そういうのだったら理解できるんだ。犯人の気持ちがね。だけどこういう複雑な事件を起こす奴の心情ってのが、まるっきりわからない。ただ殺すだけじゃなくて手品もどきに姿を消したり、死体を磔にしたり。そういう真似ってのは、とても陰湿な感じがするんですよ。歪んだ人間みたいな気がしてね。なんかうまく言えないけど……」

「わかるような気がするよ」

と私は言った。

「たしかにこうした猟奇的事件には禍々《まがまが》しい犯人の意図が窺える。ある意味では子供の悪戯にも通ずるような残忍さが見えてくるね。だが反面、衝動的殺人犯とは違ってこの事件の犯人には、知的閃《ひらめ》きがあるように思われる。歪んだものではあるがね」

「そう、歪んでいるんですよ」

警部は吐き捨てるように言った。

「とにかくこの馬鹿馬鹿しい事件とは早くおさらばしたいもんです。急いで片づけてしまいましょうや」

警部は池田にメモの用意をさせた。

「さて、最初は野上さんから聴きましょうかね。先程の話ではまだ大事な部分が抜けていたように思えるんですが。昼食後に導師がやってきて豊川氏と口論になり、今日の午前零時に奇跡を起こしてみせると宣言したんですね。その後、実際に導師が月光亭に入るまで何があったんです?」

私は天井を見上げて記憶を掘り起こした。

「導師が奇跡を起こすと大見栄を切ったのが、午後二時頃だった。その後私と俊介君は豊川氏の案内で家の中を見回ったり、所蔵されている美術品を見せてもらったりしていたんだ。なかなかおかしな家だね、ここは。それも先程言われた天福翁の趣味のおかげかもしれないが。全部見終わったのが三時十五分すぎくらいだったかな。それからは二階の図書室にふたりで籠もって本を読んでいたよ。豊川氏があまり出歩いてくれるな、と言いたげだったのでね」

私がそう言うと、警部は奇妙な表情を浮かべた。

「しかし野上さんを雇ったのは豊川寛治なんでしょ？　せっかく雇ったのに部屋から出ないようにするなんておかしな話ですな」

「たしかにね。とにかく私たちは夕食の時間まで図書室にいた。なかなか面白い蔵書があってね。探偵小説などはかなりの分量が揃っていたんだよ。古典的名作は言うに及ばず、最近の作品までぎっしりね。思わず時間が経つのも忘れてしまったよ。ね、俊介？」

私が同意を求めると、俊介はジャンヌの首を掻きながら、

「そうですね。あそこなら泊り込みで来てもいいです」

と言った。警部は私と俊介の顔を見比べながら、やれやれ、といった風に頭を振った。

「それで、夕食は何時からでした？」

「七時頃だったね」

「その時は信子はいたんですね？」

「いや、食堂にはいなかったな。信子さんは導師ともども菜食主義者になっていて、家族の者と一緒に食事はしなくなっていたからね」

「すると昼から信子を見てはいないのですか？」

「ああ、その後は会っていない。俊介は見たかね？」

私が尋ねると、俊介は首を振った。

「いいえ、それからは見かけていません」

「なるほど……。それで夕食の後はどうしましたか？　また図書室に籠もったわけですか？」

「いや、今度は演奏会だったよ」

「演奏会って、ここでですか？」

　またまた警部は面食らったようであった。

「そうなんだ。次女の夏子さんが向かい側の音楽室で友達の男性ふたりと演奏会をしてね。私たちも聴かせてもらったんだ」

「あの人のピアノはなかなかのものだそうですな。海外にも演奏旅行に出かける計画があるとか」

「ほう、よく知っているね」

　私が感心すると、警部は照れたように、

「いや、実は女房がピアノをやっていましてね……」

「おお、そうだったね。たしかピアノの先生をしておられたとか。お元気ですかな？」

「ええ、まあ……」

　鬼高と呼ばれた男が急に赤くなって言葉を濁してしまった。警部は愛妻家としても有名であったのだ。今まで黙々とメモを取っていた池田刑事も微笑みながら、

「警部の奥さんって、いい人だからなあ」

　と羨ましそうに言った。

「馬鹿者！　無駄口を叩くな！」

警部に照れ隠しに怒鳴られ、池田刑事はまたメモに眼を落とした。しかしその口許には相変わらず笑みが残っていた。

高森警部は咳払いをして、

「えっと、話を続けますよ。それで次女の夏子が演奏会を開いたんですな。友達の男性というのは？」

「夏子さんと同じ音楽学校に通っている加島隆と加島康という双子の兄弟だ。彼ら三人で代わる代わる何曲か演奏してくれてね」

「その双子の兄弟はどこに？」

「演奏会が終わってから帰ったよ。たしか……午後十時近くだったと思うが」

「演奏会が始まったのは？」

「夕食が終わって三十分ほどしてからだから、八時半だったかな」

「誰がその演奏会に来ていましたか？」

「私と俊介、豊川氏に春子さん、冬子さん、昭彦君。信子さんを除いて豊川家の人は全員いたようだね」

「信子さんは欠席ですか。導師もいなかったのですね？」

「そうなんだ。その時は誰も不審に思わなかったようだね。私は気になったんだが……」

「ますますもっておかしな家族だ」

警部は言った。面白くなさそうな顔だった。

「それで演奏会が終わってからは？」

「私たちは応接室に行ってね、そこで豊川氏に今まで出くわした面白い事件の話を所望されて、まあ、当たり障りのない話をして聴かせていた。その場にいたのは豊川氏と冬子さん、春子さんだけだった。他の人がその時間何をしていたのかはわからないな」

「池田、メモはちゃんと取ったか？」

警部が訊くと、池田刑事は例によって間延びした声で、

「はあい、ちゃんと取ってますよ」

欠伸《あくび》を嚙み殺しながら言った。

「なんだ、そのたるんだ態度は。しっかりしろよ」

「そんなこと言ったって警部、昨日も午前様だったんですよお。もう眠くって……」

「眠かったら寝てもいいぞ。そのかわり寝る前に犯人を捕まえろよな」

「そりゃ、無茶ですよお」

池田刑事は本当に眠そうな声で抗議した。警部はそれには取り合わないで、

「さて、一応野上さんからお聴きすることはこれだけでしょうかね？」

と私に尋ねてきた。

「そうだね。前後の事情ということなら、これくらいしか私にもわかっていないよ」

「わかりました。ところで今回の事件について、何か考えがありますかね？　犯人の目星とか」

警部はあまり期待していない口調で尋ねた。私自身、期待されても困る状況なので、そのほうが気が楽ではあったのだが。

「全然、見当もつかないよ」

私は本音を言った。

「どうもこの事件は変だ。何か突拍子もない事実が隠されているような気がする、としか今は言えないね」

「同感ですな」

警部は頷いて、

「狩野君はどうかな？　何か感想はあるかい？」

名指しされた俊介は何かを話そうとしたが、しかし言葉を引っ込めてしまった。

「どうしたんだ？　考えがあるなら言ってごらん」

私は促してみたが、俊介は、

「いえ、いいです。間違っているかもしれないから。間違っていたら、みんなが不愉快な思いをするし……」

どうやら先程の警部の訓戒が効いているようだ。少し効きすぎたかもしれない。

警部はそれ以上俊介が話す気がないと知ると、大きく背伸びをして、

「よし、では尋問を始めるかな。池田、まず豊川寛治を呼んでこい。一番の狸から先に料理してやる」

第十章　戸惑う父と冷静な娘

私たちの前にやってきた豊川氏は、先程よりは落ちついて見えた。

だが、初めて私の事務所に現われた時の活力的な印象はどこにもなく、瘦せているだけにその心労の様子は痛々しいほどであった。

「まあ、お掛けください」

高森警部が促すと、豊川氏は先程まで私と俊介が座っていたソファに腰をおろした。

警部は視線で池田刑事にメモの用意をさせると、静かな口調で話しだした。

「あらためてお悔み申し上げます。さっそくですが、今回の事件について何か思い当たるところはありませんか？」

「さっきも、同じことを訊かれませんでしたかな？」

疲れ切ったような声で豊川氏は言った。

「たしかに。しかしね、こうして他の方とも離れていれば、話しにくいことでも話していただけるのではないか、と思いまして」

「やはり、この家の者を疑っておられるのですか？」

「そうは言ってません。それとも豊川さんにはそういう懸念がおありですか？」

逆に問い返されて、豊川氏は黙り込んだ。そのままでいると何時間でも黙り通しそうな雰囲気なので、警部は質問を変えることにしたようだ。

「奥さんと最後に会ったのはいつでしたか？」

「昼すぎに導師と一緒に食堂に来た時です」

豊川氏は答えた。

「それっきり、会ってないのですか？」

「そうです」

「しかし、心配しなかったんですかな？　全然姿を見せないというのに」

するとと豊川氏は薄く笑って、

「そんなことをいちいち気にしていたら、毎日心配してなきゃならないでしょうな。同じ家にいても信子は私たちとはまるで違う生活をしていましたのでね、半日顔を合わせないなんて、ごく普通のことでしたよ」

警部は豊川氏の言葉に鼻白んだようだった。

「……すると、信子さんはいつも何をしていたのですか？」

「さあ、私は彼女の生活には口を挟まないようにしていましたからな。よくわかりません」

私は豊川氏の冷淡な態度に驚いてしまった。仮にも夫婦であるのに、相手が同じ屋根の下で何をしているのか全然知らず、しかもそれを当たり前のことと受けとめているのだ。

「ではあなたのことを訊きましょうか。食堂で奥さんに会われてからのことを話してください」

「あまりよく覚えてはいないんですがね……」

と豊川氏は前置きして、

「信子と導師がいなくなった後で、野上さんを案内して屋敷の中を回りました。一時間くらいでしたかな。それから病院の方に行きました。今日は休みなんだが、こちらで仕事をするつもりだったのです。ところが忘れてしまった書類がありましてね。結局、向こうで仕事をすることになってしまいましたよ」

「こちらに戻って来られたのは、何時ですか?」

「私は自分の行動をいちいち時計で確認しているわけではないんですよ」

と豊川氏はむっとした表情になったが、

「そう……五時頃でしょうな」

「お帰りになってから奥さんと顔を合わせてはいないのですか?」

「先程も言ったように、昼すぎ以降は会っていません」

「では、導師には?」

少し間を置いて、豊川氏は答えた。

「会っておりませんな……」

「そうですか……ふむ……」

警部は意味ありげに豊川氏を見た。豊川氏はその態度に抗するかのように咳払いをした。だが視線は警部からはずしたままだった。

「夕食の後はどうしましたか?」

「娘の夏子とその友人が、演奏会を開いてくれましてね」

「演奏会ですか、それはそれは」

警部はその話をはじめて聞いたように驚いてみせた。

「その演奏会というのは、いつも催されているのですかな?」

「いえ、夏子が音楽学校の友人を家に招待したいと言ったもので、それなら一緒に演奏会でもしたら楽しいだろうと思いましてね……」

「ほほう、では演奏会は豊川さんの発案なんですね?」

「ええ、まあ……」

と豊川氏は口籠もる。

「つまり、今日は特別に演奏会を開いた、というわけですか?」

「ええ……、何か問題がありますか?」

「いいえ、とんでもない」

警部は突っかかってくる相手を軽くいなした。

「演奏中は何も変わったことはありませんでしたか?」

「なかったですな。落ちついた、いい演奏会でしたよ」

「演奏会が終わったのは?」

「十時頃だったでしょう」

「その後はどうされていました?」

「野上さんと応接室で雑談をしていました。十一時すぎになって導師が月光亭に籠もりました。私たちは約束の時刻まで、食堂で月光亭を見張っていました。そして午前零時になって、月光亭に行ったのです」

豊川氏はそこまで話すと、信子夫人のことを思い出したのか身震いをした。

警部はなおも死体発見時の様子などを詳しく訊き出そうとしたが、豊川氏の答えはすでに我我がつかんでいる以上のものを与えてはくれなかった。

「じゃあ、今度は導師のことについてお伺いしたいのですがね」

警部が矛先を変えた。豊川氏は再び警戒するような表情で、

「私はあいつのことなど、ほとんど知りませんよ。だから野上さんにお願いしたんだ」

と、まるで私の怠慢から今度の事件が引き起こされたとでも言いたそうに、こちらを睨みつけてきた。

「導師の正体はご存知ないのですか?」

「知りません」

豊川氏の返答は素っ気なかった。警部が導師の正体について警察がつかんでいることを説明しても、あまり驚いたようでもなく、ただ苛立たしげに足を組み替えたり何度も胸元に手を当てたりしていたが、

「すまんが、煙草を貰えないかね?」

と警部に尋ねた。

「いいですよ。でも禁煙してたんじゃないですか? さっきからしきりに胸ポケットに手を入れそうになっていましたが」

「ああ、もう一ヵ月やめている」

そう言いながらも警部が差し出した煙草を抜き取ると卓上のライターで火をつけ、一ヵ月分を一度に吸ってしまうかのように、せわしなくふかした。

「かなり、動揺しておられますね?」

警部が指摘すると、豊川氏ははっとしてくわえていた煙草を落とした。

「そりゃ、女房が殺されたんだ。動揺もする……」

半分残っている煙草を灰皿に押しつけながら、豊川氏は腹立たしげに言った。

警部は私と眼を合わせ、苦笑してみせた。

「もういい加減にしてもらえないか。私は妻の葬儀の準備やら何やらで忙しいんだよ。仕事もあるしね。そろそろ戻りたいんだが」

「そうですな……」

警部は鼻の頭を掻きながら、相手を焦《じ》らすようにいった。

「まあ、また何かあったらお訊きしますので、当分この街を出ないようにしてください。野上さん、あなたの方からお訊きになりたいことはありますか?」

「そうですね、ではひとつだけ」

と私は豊川氏に向き直って、

「導師の目的ですが、信子さんに取り入って何をしようとしていたんでしょうかな?」

「そんなこと知りませんよ」

豊川氏は突き放すように言った。

「全然、思い当たるものはありませんか?」

「ないです。もう済んだことだから、いいじゃありませんか」

言いながら豊川氏は立ち上がった。

「私はもう休みます。捜査は自由にどうぞ。ただし家の者の人権は守っていただきますぞ。私は議会にも知り合いが多いんでね。何かあれば問題にしますからな」

最後の最後で豊川氏は権力の鎧《よろい》を覗かせた。しかしその威嚇に対しても警部は軽く会釈しただけだった。

「それは充分心得ていますよ。何せ我々は正義の味方ですから」

豊川氏は警部の揶揄に憤然とした様子だったが、何も言わずに部屋を出ていこうとした。その時、

「あ、ごめんなさい。ひとつ教えてください」

といきなり俊介が言った。豊川氏は不快さを隠そうともせずに、

「何だ？　子供の遊びにつきあっている暇はないんだぞ」

と言って扉を開けた。私は豊川氏をとどめて言った。

「まあ、そんなに邪険にしないでいただきたいですな。彼も一応私の事務所の探偵なのですから」

「お宅ではよほど人材不足らしい。あなたのような所に依頼したのは私の不覚でしたよ」

豊川氏は憎々しげに言った。そして俊介の方に振り返り、

「何だ？　訊きたいことがあるなら早く言ってみろ」

俊介は豊川氏のあからさまな軽蔑に傷ついたようだったが、気を取り直して尋ねた。

「冬子さんの名前は、誰が決めたんですか？」

「何だって？」

唐突な問いに、当の豊川氏だけではなく私も高森警部もあっけにとられてしまった。

「なんだって、そんなことを訊くんだ？」

「春子さんと夏子さんと冬子さんで名前がつながっているから、どうしてかな、と思ったんです」

俊介は悪びれずに言った。

「そんなことは姉妹だから当然じゃないかね」

豊川氏は癇癪を起こしそうになっていた。だが俊介は辛抱強く尋ねた。

「みんな、お父さんとお母さんが違う姉妹でしょ？　なのにどうして名前だけ繋がっているんですか？」

「そんなことは信子に訊いてくれ！　あいつが名前を決めたんだ。私が決めた名前を無視してな！」

怒鳴るように言うと、豊川氏は部屋を出ていってしまった。俊介は扉を見つめながら、溜め息をついた。

「どうして名前にこだわったのかね？」

私は俊介に尋ねた。彼は豊川氏の一喝が効いたのか体を震わせながら、しかししっかりと答えた。

「こだわっているのは、僕じゃないです。信子さんなんです」

「そりゃ、そうだが……」

私はこの少年が何を考えているのかわからなかった。

「さて、次は誰にしますかな？」

警部が尋ねた。私は答えた。

「やはり、長女から始めましょう」

「長女というと、あの春子という娘ですな。あれはやっかいだな……」

と警部は眉間に皺を寄せた。

「しかたない。池田、豊川春子を連れてこい」

やがて現われた春子は父親とは対照的に、こんな事態になっても冷静さを失ってはいなかった。

「夜分遅くまでご迷惑をおかけします」

警部がそう言うと、春子はきわめて事務的に、

「いえ、そちらこそお骨折りいただきまして、ありがとうございます」

と頭をさげた。

「さっそくですが、あなたの今日の行動についてご説明をいただきたいのです。あ、いや、別にあなたを疑っているわけではありませんよ。しかし関係者全員の行動を調べるところから、捜査が始まるわけでしてね」

「それは理解しております」

ソファに腰かけた春子は形の良い脚を揃えて、姿勢をすっと正した。その立ち居振る舞いは、学生というよりはむしろ教師に似つかわしい。

「今日の起床は午前六時頃だったと記憶しています」

と春子はまるで計画表を読み上げるように自分の今日の行動を説明した。その口調には揺るぎがなく、と言って気負いも感じられなかった。警察に尋問されているというのに、そうした心理的圧迫はまるで感じていないようだった。池田刑事は豊川氏の時よりはずっと熱心にメモを取っている。恐らくは春子が言ったことをそのまま書き移しているだけだろう。それほど春

子の物言いは理路整然としていた。

昼食後、導師が食堂に来た時に、春子もその場にいた。彼女は父親の言いつけで導師が奇跡を見せるのに立ち会うよう妹たちに告げに行き、そして大学に行ったという。

「今日、と言っても既に昨日ですが、午後から一時間だけ放電工学の講義があったのです。それで二時半頃に出かけまして、帰ってきたのが午後六時五分でした。大学では教授や同じ研究室の仲間に会っていますから、詳しいことはそちらで確認していただければわかると思います」

春子の口調は教授然としていて、こちらが講義を受けているように錯覚してしまうほどだった。ふと見ると、俊介が眼を閉じて小さな頭を上下させている。さすがに睡魔に抗しきれなくなったらしい。

「演奏会が始まる時に、父に言われまして母を呼びに行きました。しかし母は自分の部屋にはおりませんでした。応接室や浴室の方も捜してみましたが、やはりおりませんので、戻って父にそう伝えました。そのまま夏子たちの演奏を聴き、演奏会の後は父が野上先生とお話しするのを、横で聞いておりました。野上先生のお話、とても興味深く拝聴いたしましたわ」

春子の社交辞令的な賛辞を、私は黙礼で受け入れた。

それから導師が月光亭に籠もり、やがて信子の死体を発見するまでの経緯は、すでに私や豊川氏が話したとおりであった。

「なるほどね……」

警部がいささか辟易したように言った。どちらかと言うと直情的な警部にとっては、春子のような理性的な女性は苦手なのかもしれない。

「ところでお母さんを最後に見たのはいつですかな？」

「大学に行く前です。ちょうど玄関を出ようとした時に、母が自分の部屋に戻るために階段をあがっていくのが見えました」

「それ以後は見てないのですね？　大学からお帰りになった後も？」

「はい、見ておりません」

春子は短く、はっきりと答えた。

警部は考え込んでいた。まるで難攻不落の要塞を前にした大将のように、どう攻めれば効果的か思案しているようだった。

「ところで、お母さんの死についてですが、何かご意見はありませんか？」

警部が尋ねる。春子は毅然《きぜん》とした態度を崩さないまま、答えた。

「とても、残念です。早く真実が明るみになってもらいたいと思います」

「犯人について、お心当たりはありませんか？」

「見当もつきません。母はとても善良な人間でした。人に恨みを買うようなことはなかったと思います」

警部の攻撃はことごとく撥ね返されてしまうようだ。

「導師という人物についてはいかがです？　どんな人物だと感じていましたか？」

「あまり感心しない人間だと思っていました。わたしは工学を学んでいる人間ですから、科学的に証明されない事象についてはいつも懐疑的でいたいと思っています。導師という人が言ったり行なったりしてきたことは、とうてい科学的批判には耐えられないものだと感じています」

私は春子のおよそ女性離れした話し方に半ば感心し半ば呆れながらも、言った。

「そうですか、するとその点ではお父さんと同意見なのですね?」

するとはじめて春子の口許に、皮肉っぽいものではあるが、笑みが浮かんだ。

「父はたしかに医者ですから、決して迷信などは信じないでしょう。しかし信じる信じないと、それを利用するしないは別の次元の問題なのかもしれません」

「それは、どういうことですかな?」

警部が聴き咎《とが》めた。春子は浮かんでいた笑みをすっと消して、警部に言った。

「わたしは憶測で自分の家族を告発するようなことはしたくありません。それ以上はあなたがたで捜査してみてください」

警部の眼つきに鋭さが増した。

「それは暗にお父さんと導師の間に何かがあったと示唆していらっしゃるのですかな?」

「それは御想像にお任せします。ただわたしとしては父の財政と最近の行動について注意を払っていただきたい、とこれだけ申しておきます」

これで言うべきことはすべて言った、というように春子は立ち上がった。

「他にお話がなければ、これで失礼したいと思います。よろしいですか?」

「終わりかどうかを決めるのは、こちらなんですがね」

警部は心証を悪くしたようだ。だが春子は、警官の心情などまるで考慮しないようだった。

「後はすべて警察の方にお任せいたします。早く犯人を逮捕してください」

「あ、ひとつだけお訊きしてよろしいかな?」

私は慌てて言った。

「なんでしょう?」

「お母さんのことを、あなたはどう思っておられましたか?」

春子は一瞬複雑な表情を見せ、しかしすぐにそれを消して言った。

「先程も申しましたように、母は善良な人間でした。恐らくは愚直という表現の方が似合っていたかもしれません。自分の感情に正直に生きてきた人です。それ以上の感情は、持ち合わせておりません」

「母親としては、合格でしたか?」

「まあ、合格でしたでしょう。三人の娘を育てあげたのですから」

「立ち入ったことをお伺いしますが、あなたは信子さんの実のお子さんではありませんね。その辺で何か――」

「勘違いされると困るのですが」

と春子は言った。

「たしかにわたしは母の実の娘ではありません。母の最初の夫の連れ子です。しかし母とわたしの父が一緒になった時、わたしはまだ一歳にもなっていませんでした。物心ついた時から母はわたしの母でした。ですから血の繋がりがどうとか、そうしたものはわたしと母の間には無縁です」

「なるほど、いや、失礼しました」

私は頭を下げざるを得なかった。

「では、お引取りいただいて結構です。また何かお話を伺うかもしれませんが、その時はよろしくお願いします」

警部が丁寧に挨拶して、春子を解放しようとした。

「あ、ちょっとすみません……」

眠そうな声に振り向くと、ぼんやりした眼の俊介が、立ち上がりかけていた。

「何だね？　俊介君」

私が訊くと、俊介は眼をこすりながら、

「春子さんにひとつだけ質問したいんですけど」

「何なの、坊や？」

春子は興味深そうに半分眠っている俊介を見ながら言った。

「あのですね……、春子さんって何月生まれですかあ？」

「わたし？　三月十一日生まれだけど。それが何か？」

「いえ、いいんです。ありがとう……」

と言うと、俊介はまた眼を閉じてしまった。

春子はそんな俊介の様子を見ながら、彼女には似合わないほどの優しげな表情で、

「かわいいわね、この子……」

と言った。

春子が出ていくと、私は俊介の側に行って、

「もう寝室に行くかね？」

と尋ねた。俊介はかすかに頭を持ち上げたが、やはり眠くていけないらしい。

「……だいじょうぶ……」

と言いながらも、すぐに眠りに引き込まれてしまった。

「どうも子供にはこんな時間まで仕事させるのは、無理だったようだね」

警部が言った。

「池田、この子を部屋に連れていってくれ」

「了解。でも、いいなあ……、僕ももう寝たいや」

「ぐずぐず言うな。犯人を捕まえてからだ」

警部に一喝されて、池田刑事はそっと俊介を抱きあげた。大柄な池田刑事の腕の中では、俊介はまるで赤ん坊のように見える。その寝顔には、まだ幼さが残っていた。

刑事が歩き出すと、ソファで寝ていたジャンヌも起き上がって、その後についていった。

「野上さん……」

俊介が何かを言ったような気がした。寝言かもしれないが、私は気になって彼に近づいた。

「野上さん……生まれ……」

「何？　何だって？」

「みんなが何月生まれか、訊いておいてください……」

かすかな声だが、俊介は間違いなくそう言ったのだった。

第十一章　遂に奇跡は起これり

次に呼び出された夏子は、最初から迷惑そうな態度を隠そうとしなかった。

「悪いんですけど、明日にしていただけません？　あたしもう眠くって。それに明後日からまたピアノ・コンクールに出なければなりませんの。こんなことに関わっている暇はないんですのよ」

「こんなことって言い方はないでしょう」

高森警部は呆れながら言った。

「亡くなったのは、あなたのお母さんですよ。しかも他殺だ。何をさておいても事件解決に協力していただきたいんですがね」

「……ええ、それは承知してますけど……」

さすがに言いすぎたと思ったのか、夏子は少し譲歩するような素振りを見せた。

「察するところ、あなたはお母さんとはあまりうまくいっていなかったようですね？」

警部は彼女の気後れを突いて質問を投げた。

「そんなこと……」

夏子は反論しようとしたが、ふっと肩の力を抜くと、

「ええ、たしかにあたしは母が嫌いでした。憎んでいましたわ」

「ほう、それはまたどうして？」

「母は、あたしを道具としてしか見ていなかったんです。自分が自慢するための道具。ピアノだって、あたしは自分で好きだから一生懸命練習して、コンクールにも優勝したのよ。でも、あの人ったら自分が一から十まで教えたみたいに自慢して、あたしの努力をまるで認めようとしなかったの。『わたしがピアノを勉強するようにしむけたんですのよ』『わたしが言わなきゃ、この子ったらまるで練習しなくてねえ』って、いつだってそんなこと言ってたわ。あの人なんてピアノの素質なんかまるでなかったのにね。自分が叶えられなかった夢を娘に託しただけなのに、娘のやったことは全部自分の手柄みたいに思ってたのよ。ほんとに、嫌な奴」

華やいだ印象しかなかった夏子の、思いがけぬ一面だった。

「だけど、誤解しないでね。こんなことであたしは母を殺したりしませんから。あたしはもうすぐ家を出ていくつもりだったの。自立して、母の影響なんてまるでないってことを証明するつもりだったんですから。今になってわざわざあの人を殺す理由なんか、ないわ」

「なるほど、その点は心に留めておきましょう」

警部は言った。

「では、今日のあなたの行動について話していただけますかな？　順を追って」

夏子は疲れたような声で話をはじめた。加島隆、加島康の兄弟が豊川家に来たのが午前十一時。それまではずっと寝ていたという。昼食の後は音楽室で加島兄弟と音合わせをしていた、と彼女は証言した。

「それは間違いないよ」

と私が口を挟んだ。

「ずっと音楽室からピアノとバイオリンの音が聞こえていたからね」

警部は小さく頷いた。

「夕食の後は演奏会でしたね。この演奏会はあなたの発案なのですか？」

「いいえ、父です。どうしても今日あたしの演奏が聴きたいからやってくれと、頼まれたんです」

「それは、いつですか？　お父さんから演奏を頼まれたのは」

「一昨日です。そんなに急では何の準備も練習もできないって言ったんですけど、父はどうせ身内だけで聴くんだから大層に考えなくていいって。それでも不安だから、あたしは隆さんと康さんに応援してもらったんです」

先程の豊川氏の証言とは違っているようだった。豊川氏は夏子の方が先に加島兄弟を招待したと言っていたが、夏子の話では豊川氏が音楽会を所望したので、彼女が兄弟に助けを求めたというのだ。

「なるほどねえ……」

と警部は呟きながら鼻の頭を掻いた。

「お父さんは時々そうやってあなたの演奏を聴いたりするんですか?」

「いいえ」

夏子は首を振った。

「いつもはあたしの音楽なんて、まるで無関心なんです。ピアノ・コンクールにも来てくれなかったし……」

「なるほどなるほど……」

警部はますます楽しそうに呟いた。

「話を戻しますが、演奏会が終わってからはどうしました?」

「隆さんと康さんを送り出して、音楽室の後片づけをしていました。全部終わらないうちに、父が導師の奇跡が始まるからみんな食堂に集まるようにって集合をかけたので、そのままにして食堂に行ったんです。そう言えば、まだ音楽室は散らかしたままだわ……。それから後のことは、野上さんも御存知ですわね」

「たしかに」

と、私は頷いた。

警部は思案するように夏子を見つめていた。その視線があまりにあからさまなので、夏子は落ちつかないようだった。この凝視も警部の戦術のひとつだ。相手に心理的圧迫を加えて隠しているものを暴こうとするわけである。

「夏子さん」

どすの効いた声で警部が言った。

「あ、はい……」

夏子は不安そうに警部を窺った。

「誰か、お母さんを憎んでいるような人はいませんでしたか?」

言外に「隠すと為にならないぞ」という脅しを含ませた問いかけだった。

「……それは……」

先程までのいささか傲慢な態度が消えて、夏子は悪戯がばれて教師の前に立たされた生徒のように縮こまっていた。

「いるんですね?」

警部が念を押すと、夏子は頷いた。

「誰なんです?」

「あたしが言ったってことは、言わないでくれますか?」

「もちろんです。そこのところは警察を信用してください」

夏子はなおも警部を疑うように黙っていたが、やがて口を開いた。

「父です……」

警部は驚きを表に見せずに、更に尋ねた。

「お父さんが？　なぜです？」

「父は母の財産が欲しかったんです」

堰《せき》を切ったように、夏子は話しはじめた。

「父は病院経営だけではなくて、色々な商売に手を出しているんです。どんな仕事をしているのか、詳しいことは知らないけれど。それでその資金を母の財産で、つまり尼子の家のお金で賄《まかな》おうとしているみたいなんです。でもお母さんは今までも病院の経営資金なんかにお金をいっぱい出してきたんで、もうこれ以上出したくなかったみたい。それで何度か言い争いをしているのを聞いたことがあります。だから……」

「だからお父さんはお母さんを恨んでいた、というわけですね」

「ええ……でも、だからって父が母を……そんなことって……」

夏子は見た目にもわかるほど身を震わせていた。

「ああ、あたし、なんてこと言っちゃったのかしら……お父様を犯人だなんて……どうしよう……」

「心配することはないですよ」

私は夏子に声をかけた。

「まだそう結論づけたわけではないですからな」

だが私の慰めなど、何の役にも立たないようだ。夏子はすっかり脅えて泣き出してしまった。

こうなると、男の手には負えない。

「もういいですよ。少し休んでください」

警部も匙《さじ》を投げた様子で言った。夏子は泣きながら立ち上がった。

その時、私は思い出した。

「ああ、そうだ。夏子さん、あなた何月生まれでしたかな?」

「え?」

一瞬泣くこともやめて、夏子は私を見た。

「いや、たいしたことではないんだが、皆さんの生まれ月を調べておるんですよ」

「あたし……七月八日です……」

そう言うと彼女は再び泣き顔に戻った。警部が腹立たしげに合図をすると、池田刑事が舌を出して応え、夏子を外に連れ出した。

「やれやれ、とんだ女狐だね」

警部は言った。

「ああも泣かれると、手も足も出ませんな」

私も苦笑せざるを得なかった。

「あれは父親を陥れた罪の意識なんかじゃない、ただ事件の当事者になるのが嫌で泣き真似をしただけですよ」

と、警部はにべもない。

「しかし、図らずもふたりの娘が同時に父親を告発しましたな。これは重要だ」

「たしかにね」

　と私は頷いた。

「どうも演奏会への段取りなんか、意図的なものを感じるね。夏子の証言とは食い違いがあるし……。だが、導師と結託しているという春子の告発はどうかな？　なんと言っても私を雇って導師の化けの皮を剝ごうとしたのは当の豊川氏なんだからね。むしろ導師と豊川氏は信子夫人の財産を巡って敵対関係にあったと見る方が正しいのではないかな」

「俺もそう思うんですがね……」

　警部の表情には精彩がなかった。

「まあ、深く考えるのは後にして、今は証言だけ取っておきましょうや。次は三女の冬子か……」

　その三女は、勢いよく扉を開くと、こちらが質問する前に警部に詰め寄った。

「刑事さん、導師はどこ？　もう捕まえたの？　まだなの？　ねえ、どうして捕まえないのよ！」

　まるで警部自身が母親を殺害した犯人であるかのような剣幕である。これにはさすがの鬼高警部もたじろいだ。

「まあ、冬子さん。慌てないでください。現在導師の行方についても捜査中ですから」

「まだ見つからないの？　どうしてなのよ？　いつになったら見つかるの？　どうしてこんな所でぐずぐずしてるのよ！」

矢継ぎ早であった。メモを取ろうとしていた池田刑事もさすがに途方に暮れたようだった。警部は胸ぐらをつかまんばかりに質問を浴びせかけてくる冬子にたじたじとなりながらも、威厳を保とうとしていた。

「我々は決して手抜きをしているわけではないのですよ。ここで皆さんの話を聴いている一方で、別の者は導師の捜索を続けています。まだ何の報告も受けてはいませんが、きっと手がかりが見つかるはずです」

警部の言葉に、興奮していた冬子もいくらかは自分を取り戻したようだ。まだ瞳には不満の色が残っていたが、糸が切れた操り人形のようにソファに座り込んだ。

警部はその隙に態勢を立て直して、質問に入った。

「冬子さん、あなたは導師がお母さんを殺したと考えておられるのですね？　それは何か理由があってのことですかな？」

「当然でしょ」

わかりきったことを訊くな、といった表情で冬子は答えた。

「だって、月光亭にいたのは導師だけじゃないの」

「だが、その導師は消えてしまった。煙の如くね」

と私は言った。

「どこに消えてしまったか、心当たりはありませんか？」

「わからないわ。それを調べるのが探偵さんでしょ？」

冬子の反応は冷淡だった。

「あなたが導師を疑われる理由はそれだけですか?」

と警部が訊くと、冬子は彼を見据えて、

「それで充分じゃないの!」

と軽蔑するように言った。さすがに警部もむっときたのか、険悪な表情になって言い返した。

「こっちが聴きたいのはね、疑うべき根拠なんだ。君の思い込みじゃ、ないんだ」

警部の態度が急に変わったので、冬子は自分の相手が警官だとはじめて気づいたように、静かになった。

「もう一度訊く。導師が信子さんを殺す動機について、何か心当たりはあるのかね?」

「……それは……」

と冬子は先程までの勢いはどこへやら、といった様子で口籠もってしまった。

「あるのかね?」

警部が更に詰め寄る。

「……わかんない、でも……」

冬子は悔しそうに、

「あいつが犯人なんだってば。あいつ、悪い奴だもん」

「悪い奴? どうしてかね?」

「だって、お母様を騙してお金取ろうとしてたし、それに……」

「それに？」

警部が追及すると、冬子は唇から一言も言葉を洩らすまいとするかのように両手で口を塞いでしまった。眼にいっぱいの涙を溜めていた。

「どうしても、言えないことかね？」

警部が態度を軟化させたが、冬子は小さく頷くだけだった。

「しかしね、お母さんを殺した奴を捕まえるためには、少しでも情報が欲しいんだ。秘密にしなきゃならないことなら、他の人には絶対話さないと誓うよ。それでも駄目かね？」

冬子は顔を真っ赤にして首を振った。

警部は諦めて、質問を今日の冬子の行動に移した。彼女は昼食の後、自分の部屋で勉強をしていたと言った。夕食と演奏会の後も勉強の続きをしていた。今は受験の追い込みの時期なのだから、当然かもしれない。母親を最後に見たのはいつか、という質問に対しては、昼食の後、導師と一緒に食堂に来た時だと答えた。

「それからは全然見かけていないわ」

冬子が言った。警部は頭を掻いて、

「導師も見ていませんか？　月光亭に入る前は」

冬子は頷くだけだった。

「他にお母さんに恨みを抱く人はいませんでしたか？」

警部が質問すると、冬子は呟くように、

「お姉様……」

と言った。

「お姉さんというと？」

「春子姉様と夏子姉様」

「ほう、ふたりとも、ですか？　それはまたどうして？」

「春子姉様はお母様の本当の子供じゃないし、夏子姉様は自分ひとりでピアノが上手《うま》くなったと思いたいからよ」

冬子の口調にまた熱がこもってきた。

「みんなそうなのよ。ここの家の人間はみんな、お母様に酷《ひど》い仕打ちばかりして。だからお母様は寂しくなって、導師に助けてもらおうとしたんだわ。みんなのせいよ！」

「お父さんはいかがです？」

私が尋ねると、冬子は怒りをあらわにして答えた。

「お父様だって同罪だわ。お母様のお金を当てにしてばかりで。みんな自分勝手でいい加減だわ。なんてひどい家！」

冬子はまた泣き出した。悔し涙のようだった。歯を食いしばり、膝の上で拳を握りしめて彼女は泣いていた。

「どうにも、たまらないね」

冬子を送り出した後、警部が言った。

「この家には家族の絆ってやつが全然ないみたいだ。よく今まで一緒に暮らしてきたもんだ」

「まったくだ」

私もやりきれない気分になっていた。

その時、私は冬子に生まれ月を尋ねるのを忘れていたことを思い出した。後で訊くか、調べればよいことなのだが、俊介との約束を守らないでいるのは気分が悪いので、冬子を追いかけてあらためて尋ねた。

「誕生日？　十月四日だけど……」

眼を赤くしたままの冬子は怪訝そうに答えた。

次の尋問は島田昭彦だった。

扉を開けて入ってきた昭彦は、とても陰気な表情をしていた。眼の下には隈《くま》ができている。

「疲れているようだね」

警部が訊くと、

「いえ」

と彼はほとんど唇を動かさないで答えた。

「そうか、では質問をさせてもらうが、君は松沢医大の学生だったね。家はどこかな？」

「大阪です」

「大阪か。するとどこかに下宿しているのかな？」

「はい」

「どこだね?」

「大学の寮です」

昭彦の答え方は短くて素っ気なかった。警部も話の接《つ》ぎ穂を失って、なかなか尋問を進められないようだった。しかし辛抱強く質問を続け、彼の今日の行動についてなんとか聴き出すことができた。

それによると、昭彦は朝九時から豊川家にやってきて、豊川氏の書斎で仕事の手伝いを始めていたようだ。昼食後はやはり書斎で過ごし、今夜中に終わらせてしまうつもりでいたという。

「随分熱心なんだね」

私が言うと、珍しく言い訳するように、

「田舎に帰る予定をしていたんで、早く済ませたかったんです」

と言った。

「郷里で何かあったのかな?」

と尋ねると、彼はまた言葉が少なくなって、

「別に」

とだけ言った。

「君はいつからここに出入りしているのかな?」

警部が質問した。

「二ヵ月前からです」

「きっかけは？　誰かに紹介されたのかな？」

「先生が手伝いを欲しがっていると人から聞いたので、自分から志願しました」

「豊川氏に教えてもらっているのかね？」

「いいえ、先生の講義を受けたことはありません」

「ここでの待遇はどうかね？」

「悪くないです」

「この家の人たちをどう思う？」

「別に。関心ないです」

「二ヵ月も来ていて、まるで関心もないのかね？　年頃のお嬢さんが三人もいるのに」

警部が挑発するように言うと、はじめて昭彦の表情に変化が起きた。わずかながらだが瞳に反抗的な光が見えたのだった。

しかし、その光もすぐに消えて、やはり無関心な態度は崩さなかった。

「僕には、関係ないです」

「関係ないまでも、この家で何かおかしなことを感じたりしなかったかね？　あるいは気になることを見たとか」

「ありません」

頑《かたく》なな返答だった。

「では、導師については？」

「ほとんど話したことはありません」

「導師の考え方や行動についてどんな感想を持っているかな？」

「宗教には関心ないので、わかりません」

取りつく島もない、とはこのことだ。

警部はうんざりしたような顔を私に向けた。私もこの青年の無愛想さには正直閉口してしまった。だが、こんなことで諦めてしまっては探偵は務まらない。かつて石神法全が私に教えてくれたことだが、「寡黙な者ほど語るべきものを多く持っている」のである。

「君は何年生かな？」

私が尋ねると、昭彦はやはり愛想のない声で、

「一年生です」

と言った。

「誕生日は？」

「十月二十五日」

答えてから、昭彦は何故そんなことを訊くのか不審を抱いたかのように私の方を見た。

「年齢は？」

「十九歳……」

単なる経歴調査なのか、それとも他に意図があって尋ねられているのかわからないので、昭彦はますます不安を募らせているようだ。

「ふむ、すると君は大学に一発で合格したわけだね。たいしたものだ」

私が感心してみせると、昭彦は私が単に彼の履歴を確認しているだけだと思ったのか、ほっと緊張を解いたようだった。

「松沢医大といえば名門だ。そこに入るにはかなりの苦労があったろうね?」

「ええ」

昭彦の答えはやはり短いものだったが、先程よりはうちとけた様子だった。

私はその隙をついた。

「豊川氏の口添えとか、そういうものがあったのかね?」

「ええ、それは……」

言いかけて、彼は自分が何を喋ろうとしていたのかやっと気づいたのか、さっと顔色を変えた。

「そんなことは、ありません。絶対にありません……!」

昭彦の唇が震えていた。それは堅牢な城壁に生じた一筋のひびだ。

「君には以前から豊川氏に繋がりがあった。そうだね?」

昭彦は答えない。

「調べればわかることだよ」

私はもうひと押しした。

「君と豊川家の繋がりについて、教えてくれないかな?」

だが、私は作戦を誤ったようだ。一瞬の亀裂の後、昭彦を守る壁はより堅固になってしまい、それ以上は何を尋ねても一切口を閉ざしたままであった。

「そういう態度を取ると、疑われなくてもいいことまで疑われるぜ」

と警部が脅しをかけたが、効果はなかった。私たちは諦めて昭彦を帰した。

「やれやれ、とんだ強情者だ」

警部は嘆息した。

「私の尋ね方が悪かったようだ。かえって逆効果を招いたようだ」

私は面目ない思いで胸が一杯だった。

「いいえ、野上さんのお陰であの男が豊川家に何らかの関係があるらしいってことがわかったんです。それだけでもたいしたものだよ」

「慰めてくれるのは嬉しいがね」

私は言った。

「石神さんなら、もっと上手く訊き出せただろうと思うと、やはり忸怩《じくじ》たる思いだね。私はまだまだ修行が足りんよ」

高森警部は私の愚痴を苦笑しながら聞いていたが、

「ところで、どうして島田昭彦が豊川家と特別な関係があるとわかったんですか?」

「あれは当てずっぽうさ。直接教えを受けたわけでもない豊川氏の下でわざわざ働こうとするには、それなりのわけがあるんじゃないか、とね」

「なるほどね……。やはり直感の勝利ですな」

と警部は感心してみせた。

「とにかく、昭彦って奴の身辺についてもみっちり捜査してやりましょう。さて、あと残っているのは……」

「執事の滝田です」

池田刑事が言った。

「ああ、あいつか」

警部はあまり関心がなさそうだった。

「一応聴いておくかな……」

「一応どころじゃないよ」

と私は忠告した。

「彼は私たちが思っている以上に何かを知っていると思うがね」

「そりゃ、またなぜです?」

私はそれまで臆病に見えるほど従順だった滝田が、事件の後から急に態度が変わってしまったことを話した。

「なるほど、それは面白い」

警部は興味をそそられたようだった。

「では、じっくり追及してみますかな。おい池田、滝田さんをこちらにお連れしろ」

滝田は映画俳優の舞台挨拶のように背筋を伸ばして私たちの前に現われた。物腰はあくまで柔らかく丁寧だったが、皺が刻まれた口許には皮肉っぽさが歪んで見えていた。

「滝田さんだね。君はここに勤めてどれくらいになるんだ?」

警部の質問に、滝田は軽く頭をさげて答えた。

「もう三十年になります。先代からお仕えしております」

「なるほど、ではこの家についてはよく御存知なわけだ」

「いくらかは存じあげております」

慇懃《いんぎん》と傲慢は紙一重であることを、滝田の態度は教えてくれていた。

「先代はどういう人だったかね?」

「先代は、豊川寛介《かんすけ》様は素晴らしい方でした」

滝田の口調の中には最大級の敬意が滲んでいた。

「人物、能力ともいささかの欠点もない、立派な方でした。名門の生まれでありながら、御自身は一介の医師として世のため人のために尽力なさいました。私はあのような方にお仕えできたことを、今でも誇りに思っております」

「なるほど、では今の主人はどうかね?」

警部が訊くと、滝田は口許の皺を深くして笑みを浮かべた。

「今のご主人様も、それなりに立派な方です」

「それなりに、という言い方に含みを感じるが、何かあるのか?」

「いえ、そのようなことはございません」

滝田の表情は言葉を完全に裏切っていた。恐らく彼自身は、そのことを承知で言っているのだろう。

「いいかね、これは殺人事件についての捜査だ。事は緊急かつ迅速を要する。もし何か知っているなら、隠さず話してほしいんだがな」

警部が例によって凄味を効かせた口調で言った。しかし滝田は動じなかった。

「申し訳ありませんが、今回の不幸な事件について私が申し上げられることは何もございません。ただ奥様のご冥福をお祈りするばかりです」

「信子さんは、どういう人だった?」

「とてもお優しくて、聡明な方でした」

滝田は公式見解的な答え方しか、しないつもりでいるようだ。

「信子さんに恨みを持っているような人間に心当たりはないかな?」

「滅相もございません。奥様を恨む者など、絶対におりません」

昭彦の時とは別の意味で、滝田の尋問も疲れるものだった。滝田はこちらの質問には協力的に答えていた。しかしその答えは彼の肉声ではなかった。あくまで使用人としての立場を貫いていた。それが彼の職業倫理に基づくものなのか、それとも他に意図があるのか、それはわからなかったが。

警部は滝田の事件前後の行動について尋ねた。彼は一日中屋敷にいて、いつもどおりの仕事をこなしていたと言った。信子を見かけたのは昼食後、彼女の部屋で眠っているのを見た時が最後だと言う。時間はおそらく午後三時過ぎだと記憶しているそうだ。

それ以上の情報を、滝田から仕入れることはできなかった。思った以上に彼の応対は如才がなく、答えを巧妙にはぐらかされているような気がするのだが、それを突くことができなかった。

私は最後に彼の誕生日を尋ね、十二月十四日だという答えを聞いてから彼を解放した。

「あいつが一番食えんですな」

警部が言った。

「まったくだね。しかし彼は絶対に何か知っている」

私は答えた。

「しかもそれは、彼が事件の後で知ったことに違いない。しかし、一体何なのだろう……?」

「どっちにしろ、怪しい奴は片っ端から調べ上げてやりますよ」

警部は不機嫌そうに言った。

「こうなったらどいつもこいつも警察に呼びつけて、ひと月でもふた月でも詮議してやろうじゃないか。警察を甘く見るとどうなるか思い知らせてやる」

「おいおい、高森さん……」

本気で彼が言っているわけではないことは承知していたが、私は内心ひやひやしていた。彼が暴走を始めると、力ずくで犯人捜査をしてしまう危険があった。それは避けたい。

「こっちが熱くなったら負けだよ。しっかりとした捜査で足元を固めておかないとね」

「そりゃあ、そうですがね……」

と警部はまだ不満顔だった。

「最初の印象どおりだ。ここのやつらはろくなのがいない」

「まず、導師の行方を探すことが先決だよ」

私は警部の呟きをあえて無視して言った。

「月光亭に入ったことは私を含めて多くの目撃者がいるんだ。問題はどうやってあそこから抜け出したか、なんだが……」

と、その時である。

小さな悲鳴のようなものが聞こえたのだ。

警部と私は一瞬眼を合わせ、そして同時に部屋を飛び出した。

廊下に出ると、再び悲鳴が聞こえた。今度はもっと明確に。

「音楽室の方だ!」

私は叫んだ。

一階の音楽室の扉が半開きになっていた。その扉を引きちぎるように開いて中に入ると、部屋の真ん中で夏子が立ち尽くしていた。

「どうした⁉」

警部が保護するように夏子の肩を抱くと、夏子は震えながら彼の腕の中に逃れ、恐ろしげにふりかえりながら扉とは反対側の壁を指差した。

「あたし、お部屋の片づけを済ませてしまおうと思って、ここに来て……、鍵は掛けたままだったの。あたしが掛けたの。それで持ってた鍵で中に入ったら、あれが……」

夏子が指差す壁には、一枚の紙片が鋲《びょう》で留めてあった。

「あんなの、ここを閉める時にはなかったわ。本当よ……」

私は壁に近づき、その紙片を見た。右上がりの文字が一行だけ、書かれていた。

「遂に奇跡は起これり　導師」

第十二章　導師の目論見

「なめた真似してくれるじゃないか」

高森警部は壁の紙片を睨みつけながら唸った。

騒ぎを聞きつけて、捜査員や豊川家の人々も集まってきた。彼らも導師の紙片に驚きの表情を隠せないようだった。

私は音楽室の中を見回した。食堂と同じくらいの面積の部屋で、音楽室と呼ばれてはいるが、特にその目的のために作られたようではなかった。一方に一段高い舞台のような所があって、それに向かい合うようにして椅子が並んでいる。椅子が背にしている壁には暖炉があるが、長い間使われていないようだった。

扉は私たちが飛び込んだ、廊下に面したのがひとつ、そして舞台の後ろにひとつあった。

警部は舞台側の扉に近づくと、把手《とって》を回そうとしたが、動かなかった。

「この向こうは何だ？」

苛立たしげに警部が訊くと、滝田が一歩進み出て答えた。

「向こうは物置になっております。鍵を持って参りましょうか？」

「そうしてくれ」

一分とかからず滝田は戻ってきた。警部は滝田の手から鍵をひったくると、もどかしげに鍵穴に差し込み、扉を一気に開けた。

中は真っ暗だったが、警部が壁の内側を手で探るような仕種をすると、電灯が灯った。

私は警部と一緒に中に入った。三畳ほどの小さな部屋で、脚立《きゃたつ》や楽器が無造作に放り込まれていた。窓は小さいのがひとつきりで、それも調べてみるとはめ殺しになっており、開けることはできなかった。

「ここにはいないようだね」

まだ諦めきれずに部屋を見回している警部に私は言った。警部も渋々頷いた。

「すると、奴はやっぱり向こうの部屋にいることになるが……しかし……」

「しかし、向こうにも隠れる場所はないね」

私が警部の言葉を継いで言うと、彼は苦々しげに唇を噛んだ。

「まったく、この家はどうなってるんだ？　人間が消えて、死体が現われて、今度は紙切れが突然出てきやがった。ふざけるにもほどがある！」

口にこそ出さなかったが、私も警部と同意見だった。馬鹿にされているとしか思えない状況である。

「まさか、夏子がぐるになっているんじゃないだろうな?」

警部の口調にはそうだったらいいのに、という気持ちが見えていた。たしかに夏子が導師と共犯しているとすれば、突然紙片が現われた謎も謎ではなくなるのだが。

「よし、彼女にじっくり訊いてみるか」

警部は私とふたりでいるだけで息苦しいような小部屋を出て、夏子を尋問しようと音楽室に戻った。しかしその目的はすぐには果たせないようだった。

夏子はみんなが輪になって囲んでいる真ん中で、気を失っていたのだ。

「早く! 救急車を呼んで!」

冬子が半狂乱の状態で叫んでいた。うろたえ気味の滝田が慌てて音楽室を飛び出した。

警部の渋面はますますいびつになった。

「やれやれ、何もかもが裏目に出ていやがる……」

警部はそう呟くと、夏子を取り巻いている人々に言った。

「夏子さんは救急車が来るまで食堂に移しましょう。皆さんもここから出て行ってください。これからこの部屋を捜索しますので」

「おい待て、君……」

と豊川氏が立ち上がって警部を威嚇するように睨んだ。

「何の権利があって私に命令するんだ? ここは私の家だ。私の了解なしにあれこれ決めないでくれ!」

「何の権利か、だって？」

警部の眼が細くなった。隣にいる私がはっとするほどの気迫が、彼の体から発散されている。

「いいか、ひとつだけ忠告しておく。これは殺人事件なんだ。権利とかそういう言葉の遊びで誤魔化《ごまか》していられる問題じゃないんだ。四の五の言う奴は、誰だろうと容赦はしない。片っ端から公務執行妨害で逮捕するからな！」

豊川氏は驚愕のあまり眼を剝いて黙り込んでしまっていた。恐らくは、今までこれほど強い口調で自分の意思を否定されたことがなかったのだろう。空気を求める金魚のように口をぱくぱくさせ、やがて顔が怒りのために真っ赤になった。

「きさま……、私に向かってよくもそんな……」

「誰だって同じだよ」

警部は怖いほど静かに言った。そして急に怒気を露《あらわ》にして怒鳴った。

「てめえ、人が死んだってことを何とも思ってねえのか！ てめえの女房だろうが！」

音楽室にいる者全員が、息を吞んで沈黙してしまった。豊川氏も急所に弾丸を撃ち込まれたように、硬直したまま立ち尽くしている。

「わかったら、協力してもらいますよ」

再び落ち着いた声に戻った警部は、部下に夏子を運ばせ、豊川家の人々を下がらせた。後には警察関係者だけが残った。

「多少は薬が効いたようだね」

私が言うと、警部は苦虫を嚙み潰したような表情で、

「まったく、怒鳴らなきゃわからないんだから、困ったもんですよ。お金持ち連中ときたら、餓鬼《がき》同然だ」

警部は鑑識員に導師の残した紙片と音楽室の調査を命じた。

「どうも、あの紙切れは胡散臭いな。本当に導師の書いたものかね？」

私が素直な疑問を口にすると、警部は言った。

「月光亭の方に導師の書いたものが残っているみたいだから、早速鑑定させますよ。それにしてもどうやってここに持ち込んだんだか……」

「夏子共犯説を取れば、問題はたしかに楽に解決できるが、どうもそうじゃないような気がするね」

「どうしてです？」

「夏子がやったとしたら、あまりにも手口があからさまだからだよ。この状況では、誰だってまず最初に彼女を疑うだろ？　そんな手を使うかね？」

「そうですな……」

警部は鼻白んだ。

「あるいはその逆手《さかて》を取ったのかもしれんが……、まあ、真偽は夏子が意識を取り戻してから訊き出すことにしましょうや」

捜査はそれからも休みなく続けられた。しかし、何の手がかりも得られないまま、とうとう

夜明けを迎えてしまった。

ふと気づくと、朝日が昇りはじめていた。

庭に出てみると吐く息が白く見えた。まだ弱々しそうな太陽の光を浴びて、月光亭の硝子の壁が瑠璃《るり》のように輝いた。疲労した眼にその光景は、現世のものとは思えないほど幻想的に映った。

不意に肩を叩かれ、驚いて振り向くと、やはり疲れた表情の高森警部が立っていた。

「そろそろ休んだらどうです？　部下たちも一旦引き上げさせますから」

「手がかりは、ないかね？」

警部は重そうに頭を振った。

「正直な話、うちの連中も連日午前様で疲れているんでね。見張りを置いておきます。俺はここに残ってどこかで仮眠させてもらいますよ。野上さんは部屋があるんでしょ？」

「ああ、それはそうなんだが……」

警部に言われているうちに、本当に疲れが出てきたようだ。立っているのも辛くなってきた。

「じゃあ、すまんが休ませてもらうよ。昼前には起きてくるからね」

「俺も三時間程寝させてもらいます。じゃ……」

部屋に行くと、俊介はベッドの中で寝息を立てていた。ジャンヌは俊介の上で丸くなって寝ていたが、私が近づくとさっと顔を上げた。

私は自分の唇に人指し指を当てた。ジャンヌは私だとわかって安心したのか、また首を足の間に挟んで眠りはじめた。

上着やシャツを脱ぎ捨てると、私はベッドに横になった。信子の死体や導師の残した紙片が脳裏をよぎったが、それも一瞬のことで、私はすぐに眠りの中に引きずり込まれてしまった。

はっとして気がつくと、既に昼近くになっていた。

隣のベッドを見ると、俊介はもういなかった。やれやれ寝過ごしたか、と溜め息をついて起きようとした時、扉を開けて俊介とジャンヌが入ってきた。

「おはようございます」

元気な声だ。昨日の疲れなどかけらも残っていないようだった。

「やあ、おはよう」

私はまだ霞がかかっているような頭をしきりに振って、なんとか正気に戻ろうとした。

「昨日はいつ寝たんですか？」

「ああ……、朝の七時頃だったな。もう明るくなりかけていたから」

「朝まで起きていたんですか」

私の寝ているベッドに腰かけた俊介は眼を丸くした。

「ああ、色々あってね……」

私は俊介が引っ込んでから後のことをかいつまんで話した。

導師の紙片が現われた話をすると、俊介はとても驚いたようだったが、一番反応が顕著だったのは、彼に頼まれたこと、つまり全員の生まれ月を尋ねた結果を聞いた時だった。

「おかしいな。それって、変だ……」

俊介はしきりに呟きながら、膝の上のジャンヌの頭を撫でていた。ジャンヌは眼を閉じたまま、俊介のするがままになっている。

「何がそんなにおかしいのかね?」

私が尋ねると、俊介は少し困ったように言った。

「あの……、また変なことを気にしているって言われそうだけど……」

「かまわないさ。気になることだったら、それはちゃんと解決しておいた方がいいからね。それで?」

「冬子さんです。冬子さんだけ名前がおかしいんです」

俊介が何を言っているのか、私にはまるでわからなかった。

「どういう意味かね、それは?」

私が重ねて尋ねると、俊介はジャンヌを撫でている手をとめて、

「春子さんは三月生まれ、夏子さんは七月生まれです。なのに冬子さんは十月生まれなんですよ」

俊介はどう考えても変だ、といった調子で言った。だが、私はまだ腑に落ちなかった。

俊介は業をにやしたように、

「だってそうでしょ? 三月だから春子さん、七月だから夏子さん。それはわかるけど、どうして十月なのに冬子さんなんでしょう? 十月って、冬じゃないですよね?」

「ああ、なるほど……」

　私はやっと納得がいった。

「たしかに変と言えば変だが……、しかしそれが問題になるのかね？」

私が尋ねると、俊介は大きく頷いた。

「なります。だって、冬子さんの名前は信子さんが決めたって豊川さんが言ってたでしょ？

何か理由があるはずです」

「それは、そうかもしれないね……」

私は俊介の意見に同意しながらも、あまりその問題について真剣にはなれそうもなかった。

今、眼の前で起きている不思議な事件には、まるで関係のない話のように思えたからだ。

「野上さん、お願いがあるんですけど」

「何だね？」

「信子さんが前に結婚していた人、春子さんと夏子さんのお父さんについて、調べてもらえませんか？」

「ああ、それなら調べるつもりだったよ。しかし、君は何を調べたいのかね？」

「春子さんと夏子さんの名前は誰がつけたか知りたいんです」

俊介は真剣な眼差しで私を見ていた。

「わかった。調べてみよう」

私がそう言うと、俊介は頭をさげた。

「ありがとうございます」

「気にするほどのことではないよ。さて、そろそろ警部も起きているだろうから、行ってみようかね」

顔を洗い、鬚を剃って一階に下りると、既に警部は食堂で珈琲を飲んでいた。

「いや、寝坊してすまないね」

「いえ、俺も今起きたところですから」

と答えた警部の眼は赤く充血していて、不精鬚が影のように頰を縁取っていた。

私と俊介が食卓に座ると、使用人が珈琲を持ってきてくれた。「紅梅」で飲む珈琲ほどうまくはないが、我慢することにした。

「もうすぐ飯も持ってきてくれますよ」

警部はまずそうに珈琲を飲みながら言った。

「ところで、私たちが寝ている間に何か進展はあったかね？」

私が尋ねると、警部は首を振った。

「まるで駄目ですな。手がかりなしですよ。導師の行方もわからないし、月光亭の密室の謎も解けないまま。ただひとつだけわかったことと言えば、例の紙切れの文字が導師のものだとわかったくらいでね。やっぱり月光亭に導師が残した手紙みたいなものがあって、それと比較してみたら、まず間違いないだろうってことでした」

「手紙みたいなもの、と言ったね。導師は何を書いていたのかね？」

「それがまた、おかしな文章でね」

警部は苦そうに珈琲を飲み干して言った。

「特定の誰かに宛てて書かれたものではないみたいでしてね。あえて言うなら自分の信者に向けて、やっこさんが唱えている宗教の教義みたいなものを説明している文章なんですな、これが。ただ、それはまだ草案みたいでね、ところどころ手直しや書き込みがあってぐちゃぐちゃになってますよ」

「見てみたいな、それは」

と私が言うと、警部はつと立ち上がり、隣の部屋に行った。そしてすぐに戻ってくると、手にしたビニール袋入りの便箋を渡してくれた。

「指紋に気をつけてくださいよ。まあ読んで面白いものでもないですがね」

私はポケットに常備している白手袋をはめて、便箋の中身を読んだ。たしかに昨夜見た紙片と同じく右上がりの字体だった。

その中に書かれていたのは、ありとあらゆる宗教教義の抽出版であった。どうやら導師は自らを仏陀やキリスト、マホメットと同列に置いていたようだ。いや、それどころか、そうした聖人は彼が現世に到来するまでのほんの露払いの役でしかなく、彼こそが現世を救済する最後の救世主であると説いているのだ。

「随分と壮大な話だね、これは」

私が半ば呆れながら感想を述べると、警部は馬鹿にしきったように、

「誇大妄想ですよ、これは。俺は途中で読むのをやめましたけどね」

と言った。

私は昨日会った導師の顔を思い出してみた。あの時の彼にはこんな文章を書くような熱狂的なものは、どこにも感じられなかった。

「一体、何の目的でこんな文章を考えていたんだろう……」

私が呟くと、横から便箋を覗いていた俊介が言った。

「きっと、これからこの考えをみんなに教えようとしていたんだと思います」

「教える？」

「はい、僕の住んでいる所にも前にこんなことを言う人がやってきたことがあります。自分はとっても偉い人間で、世界の最期まで予言できるって言ってました。もうすぐこの世は破滅するけど、自分の言うことを信じれば絶対に救われるって。何人か本気にした人もいたらしいけど、石神先生がインチキだって見破ったら、すぐにどこかに行っちゃいましたよ」

「石神さんらしいな、それは」

私は微笑まずにはいられなかった。石神法全は徹底した理性の人であったから、そうした紛《まが》いものの宗教家が我慢ならなかったのだろう。

「すると導師は、これから本格的に新興宗教でも興《おこ》すつもりだったのかな？」

「ということでしょうね。新興宗教の教祖ってのは、結構儲かるらしいですよ」

警部の言葉を聞いているうちに私は思い出した。

「そうだ、そういうことか……」

「何なんです？　野上さん」

「いや、初めて導師に会った時に彼が言っていたんだよ。『全世界を救済する神の恩寵の礎が、この地に築かれるであろう』とね。その言葉と、この草案を合わせてみると、なんとなく導師の考えていたことがわかりかけてきたんだ。つまりね、導師はここを新しく興す宗教団体の本部にしようとしていたんだ」

「とんでもない奴だな」

警部は言った。

「しかし、ここは豊川寛治の家ですよ。どうやってここでそんなことができるんです？　殺された信子はともかく、豊川寛治や他の連中はみんな導師に対して不信感を持っていたんですよ。足元に不信心な人間がいたんじゃ、どうやったってここを本部になんかできないでしょうに」

「だからこそ、奇跡を起こそうとしたんだよ」

私は勢い込んで言った。

「皆の前で奇跡を見せて、彼らを一挙に信者にしてしまおうと考えたんじゃないかな？」

「しかし、その奇跡というのが、一番の信者である信子の殺害ではねえ……」

と警部は納得がいかない様子だ。それは私も同じである。

「たしかにそうだ。わざわざ最大の協力者を殺す必要などまったくない。殺人なんか犯してしまったら、布教どころじゃないしね。やはり、何かの手違いがあったんじゃないだろうか？」

「手違い？　生き返るはずの信子が蘇生《そせい》しないとか、ですか？」

警部は少し軽蔑したかのように、私の方を見た。

これには、私も言葉がなかった。

「……そのあたりは、もっと調べなくちゃならないだろうがね……」

あまり歯切れのよい言い方はできなかった。私は何か手がかりがないだろうかと、読みづらい導師の文面を眼で追った。

そして、見つけた。

「高森警部、この文章を最後まで読まなかったと言ったね」

「ええ」

「読む価値はあるかもしれないよ。ほら、ここを見てごらん」

私は書き込みで真っ黒になっている最後の方の文章を指で示した。

肉体は魂の道具である。しかるに現世に於《お》いては、肉体は魂の牢獄となっている。俗物たる現世人にとっては肉体こそが第一義の存在であり、魂をその下に置く考えが流布《るふ》しているため、そうした真実の逆転が起きるのである。

「何言ってるんだ、これは？」

「まあ、内容はともかくとして、最後まで読んでみたまえ」

しかしここに真理に覚醒し、一切の業《ごう》から解脱《げだつ》した者がある。彼にとって肉体は、あたかも俗物が肉体を移動させる際に魂を追従させるが如く、魂の赴く所に自由に移動させ得る道具となる。即ち、一切の物理法則を超越して魂の思うがままに転移、移動ができるのである。人はその技を奇跡と呼ぶであろう。しかしそれこそが、人間の本来の姿なのである。

そうした神域に達した者こそ、導師と呼ばれる者である。


「つまり導師は、神様の領域に達した偉いお方だから、体を自由に移動させることができる、というわけですか?」

警部はあきれたように証拠物件の便箋を放り投げた。

「そうは言っていないさ。だが、この文章の内容と今回の事件の不思議さとは共通するものがある。それは否定できないよ」

そう言ってはみたが、私自身、それが解決にどう結びつくのかは、わかっていなかったのである。

第十三章　女探偵出動す

その後も捜査に進展が見られなかったので、私と俊介は一旦引き上げることにした。豊川氏にその意を告げると、彼は一日の間にげっそりとしてしまった頬を撫でながら、

「丁度いいところに来てくれた。私の方からもあなたにお引き取りいただくよう、お願いするつもりだったんだ」

と言った。

これには私もいささか機嫌を悪くした。

「それは、この事件から手を引け、という意味ですかな?」

「そもそもあなたにお願いしたのは、導師の正体を暴いて信子の安全を守ることにあった。その信子が死んでしまった以上、あなたにお願いすることは何もないわけだ」

「まだ、信子さんを殺した犯人が見つかっていないのに、ですか?」

「それは、警察がやる仕事だ」

豊川氏は突っぱねた。

「とにかく、もう探偵に首を突っ込んでもらう必要はないんだ。お引き取り願おう」

「なるほど、そういうことですか」

私は怒りを押し隠して言った。

「それならば、私としても寧《むし》ろ願ったり叶ったりですな。あなたという足枷《あしかせ》を外して捜査をすることができる」

「何だって？」

豊川氏は驚いたようだった。

「私の言ったことが理解できないのかね？　私は君を解雇したんだ！」

「解雇するのは自由ですよ」

私は落ちつき払った態度を強調するように、ゆっくりと言った。

「しかし私としても探偵としての誇りがありましてね、眼の前で起きた殺人事件を放っておくことはできんのです。これからはあなたの私事のためではなく、警察に協力してこの事件の真相を究明するつもりです。それでは」

と私は俊介の手を引っ張り、唖然としている豊川氏を残して部屋を辞去した。

「大丈夫ですか？　あんなこと言って」

俊介は私に引っ張られる恰好でついてきながら、心配そうに言った。

「大丈夫さ。彼が私を首にしても、高森警部と繋がりがあるから、この事件の捜査に支障はないよ」

「でも、豊川さんの依頼がないから、仕事にはならないんですよね？」

「俊介君、これはもう仕事とかそういう問題ではないんだ。豊川寛治は私とこの事件は無関係だと言った。だが、眼の前で起きてしまった以上、私にはもう見過ごすことはできないのだよ。これは興味とかそんな軽い気持ちで言っているのではない。既に信子さんの殺害事件は、私自身の問題でもあるんだ。探偵とは、事件に対してそれだけ真摯に受け止めなければならない職業なんだよ」

私は立ち止まり、俊介の方を見て言った。

「彼はすぐに後悔するだろう、私を怒らせてしまったことをね」

「野上さんって……」

俊介は私の顔を穴が開くほど見つめながら呟いた。

「何かね？」

「野上さんって、怒ると怖いんですね……」

私は思わず笑ってしまった。俊介は何がおかしいのかわからずに、きょとんとしている。だが私はかまわず笑い続けた。おかげで鬱屈していた気分もいくらかは晴れやかになった。

事務所に戻ると、私は早速捜査を開始した。豊川家の財産と経営の実体。家族それぞれの経歴の洗い直しと交遊関係の調査。導師がこの街に来てからの行動。等々。

古い資料をひっかきまわし、電話をかけ続けた。俊介は私の言うままにメモを取ったり資料を運んだり、まめまめしく働いてくれた。そしてその間ジャンヌは、ソファの上でゆっくりと午睡《ひるね》を楽しんでいた。

陽が傾き始めた頃、私も俊介もぐったりと疲れた体を「紅梅」の椅子に沈めていた。

「大変だったみたいね。新聞読んだわよ」

アキは私の前に珈琲を、俊介の前にアイスクリームを置いた。

「そうか、新聞にはまだ眼を通していなかったな。大きく出てるかね？」

「そりゃ、もう。『名探偵野上英太郎に挑戦か⁉　奇怪な密室殺人！』だって」

「何だ、それは？」

アキは微笑みながら今日の新聞を持ってきてくれた。社会面の冒頭に、彼女が言ったとおりの煽情《せんじょう》的な見出しの文字が躍っていた。

しかし記事の内容は、それほど中身のあるものではなかった。もちろん私が知っていること以上の情報はない。たしかに月光亭という密室での殺人事件と、重要参考人である導師の消失という不可思議な出来事は、新聞記事としては近来にない衝撃的なものであろう。しかしながら、その後の情報が少なすぎた。記事を書いた記者も内容が竜頭蛇尾に帰してしまうことをどうすることもできなかったのだろう。「これは憶測であるが」と断った上で、この事件は探偵野上英太郎に対する挑戦ではないのか、と書いていた。天下に名だたる名探偵石神法全の助手であった私に、悪魔の如き殺人鬼が挑戦状を叩きつけたのではないか、というのだ。

「冗談じゃない……」

　私は新聞を放り投げて言った。

「今時、探偵をからかうためだけにあんな手の込んだ殺人を犯す奴がどこにいるもんか」

「でも、当たってるかもしれない……」

　不意に俊介が言った。

「何がかね？」

　私が尋ねると、俊介はジャンヌの首を撫でながら自分自身に問いかけるように言った。

「犯人は野上さんに挑戦するつもりだったんだろうか？　もしかしたら……」

「だけど、これで後に退《ひ》けなくなっちゃったわね」

　アキが面白そうに言った。

「だってさ、この新聞を読んだ人はみんな、野上さんがこの犯人の挑戦を受けたものと考えるわよ。これで事件が解決できなかったら、探偵の信用は丸潰れね」

「おいおい……」

　私は笑ってみせた。しかし面白くはなかった。アキが言うとおり、この事件を解決できなかったら、私の信用はなくなってしまうだろう。

「さあさあ、こんな所で油売ってないで、仕事仕事」

　とアキは面白がってせっつく。

「仕事はしてるさ。昨日も今日も精力的にね。まだ成果はあがっていないが……」

　と言葉の後の方は小さくなってしまった。

アキは私の隣にどっかと腰を降ろした。

「なんだか、頼りないわねえ。あたしも協力してあげるから、事件のことを全部教えて」

「ただ興味半分で聴きたいだけじゃないのか？」

と私が言うと、彼女は頰を膨らませて、

「あ、そういうこと言うんだ。だったら絶対協力してあげないから。昨日だってちゃんと豊川家の人のことを教えてあげたのに。ひどいわよ」

「わかったわかった……、でもこんなことしてていいのかね？　仕事は？」

「お客が来たら、店長に相手してもらうからいいの。あたしだって店長に頼まれて赤ちゃんや奥さんのための買物手伝ってるんですから、おあいこよ」

「そんなもんかね」

「そんなもんよ」

アキはけろっとしている。もう降参するしかないようだった。

「しかたないな。では、私と俊介とジャンヌが豊川家を訪れたところから始めるかな……」

と、私はアキに事件の概要を話して聴かせた。その間俊介は私が放った新聞を熱心に読み、ジャンヌは俊介の隣の椅子で寝ていた。本当によく眠る猫である。

アキは熱心に、時折相槌を打ちながら私の話を聴いた。私は話しながら、彼女が意外に聴き上手であることを発見した。無駄な質問は挟まずに、話し手の思うがままに話させてくれる。こうした気配りは難しいことではないが、なかなか実行できないことなのだ。

「……というわけで、私は豊川氏には解雇されてしまったというわけさ」

私が話し終えると店長がやって来て、空になっていた私のカップに珈琲を注《つ》いでくれた。

「喉が渇くでしょ。この子の相手をしていると」

店長は笑って言うと、また奥に引っ込んだ。アキは店長に向かって舌を出した。

「でも不思議な話よね。導師はどこに消えたのかしら？」

「大人ひとりがまるで霧みたいに消えてしまったんだ。こればかりは私にもまだ見当もつかない」

「そうよねえ……。ねえ、まさか秘密の抜け穴なんてないでしょうね？」

「それはない。鑑識の人間が血眼《ちまなこ》になって捜査したからね」

「じゃあ、その煉瓦の壁とか硝子の壁とかが取り外せるようになっていたとか……」

「それも無理だよ。煉瓦の方も硝子の方も、造りはしっかりしていた」

「そうか……、じゃあ、こんなのはどう？　導師は煉瓦の部屋の隅でじっと隠れているの。それで午前零時になってみんなが月光亭の扉を開けた時に扉の陰に隠れて、みんなが部屋に入ってしまった後にそっと扉から逃げ出すのよ。そうだわ、それがいい」

アキは勝手に決めつけて有頂天になっている。私は笑ってその仮説を否定した。

「それはできないな。扉付近には月光亭の中に入らなかった連中がいたからね。彼らの眼を盗んで外に出ることは不可能だよ」

「そうか……、くそっ」

とアキは年頃の娘にあるまじき言葉遣いで呟いた。

彼女はそのまま暫く考え込んでいたが、やがて溜め息をついて、

「駄目、あたしにはわからないわ」

と降参した。

「まあ、気にすることはない。君にすぐ解決できるような事件なら、こんなに苦労しないからね」

「褒められているのか貶《けな》されているのかわからないわね」

とアキは不満顔であった。

「それで、こっちに帰ってきてから調べたことって、何?」

「豊川家の資産や家族の経歴なんかだね。特に豊川寛治と信子さんのことを重点的に調べたよ」

「それで、何かわかった?」

「直接この事件を解決する手がかりになるかどうかはわからないけど、色々わかったことがある。例えば寛治の資産だが、昨日アキちゃんが言っていたとおり、先代から引き継いだ時にはほとんど病院の敷地と建物くらいしか残っていなかったようだね。それが信子さんと結婚して、夫人の土地や財産を運用するようになってから上向きになったようだ。現在では病院の他に不動産業にも手を出して、都心にもビルを持っているし、権利を取得している店も五軒ほどある。だが、君が言っていたような酒場関係はないな。みんな車の販売とか画商とか、そういう売り

買い関係ばかりのようだ」

「そうか……、あたしの情報は間違いかあ……悪いことしちゃったわね」

アキが頭をさげた。

「いや、四年程前に都心にバーを経営していたことはたしかだよ。だからまるで間違った情報というわけでもないんだ。だが経営が悪化して、手放してしまったんだな。それ以来、他の事業もあまりうまくいってはいないようだね。不動産でもあまり利益が上がっていないし、画商などはずっと赤字経営だな。この分だと、彼の財政はかなり逼迫《ひっぱく》しているようだ」

「ヒッパクって、何ですか？」

と、新聞を見ていた俊介が訊いた。

「お金がなくて苦しくなることだよ」

私が説明すると、俊介は納得したように頷きながら、

「そうか……だからか……」

と呟いていた。

「どうかしたのかね？」

今度は私が尋ねた。すると俊介は少したじろいだように見えた。

「いえ、なんでもないです……」

昨日までは思いついた推理を考えもなく口にしていたのに、今日になってからは随分と口が重くなっているようだ。昨夜の高森警部の訓戒がよほど堪《こた》えたらしい。

私はあまり気にせずにアキとの話を続けることにした。

「次に信子さんの方だが、最初のご主人である東畑辰夫と結婚したのが、今から二十一年前だ。辰夫という人は信子さんが講師をしていた英知女子大の助手だったんだ。当時既に結婚していて一女が生まれたばかりだった。それが春子さんだな。ところが辰夫の奥さんは春子さんを生んですぐに病気で亡くなってしまった。辰夫は乳飲《ちの》み子を抱えて途方に暮れていた。そんな時に信子さんと知り合ったわけだ。同情がいつしか愛情に変わり、というやつかもしれないな」

「ふうん。でも、尼子って格式のある家なんでしょ。男やもめの、しかもこぶつきの男によく一人娘をやったわね」

「それは君が昨日教えてくれたように、信子さんの両親も親戚もほとんど死に絶えていて、彼女はある程度勝手なことができる立場にあったんだ。良家のお嬢様が三十になるまで独身でいられたのも、大学で講師の仕事ができたのも、そうした身軽さゆえだったようだね」

「なるほど、それでその東畑という人と結婚して生まれたのが夏子か。でも、夏子が生まれてすぐに今度は東畑さんが死んじゃったわけよね？」

「そう。肺癌だったそうだ。信子さんと結婚した時には既に手遅れの状態まで悪化していたらしいな。不運なことだよ」

「なんだかかわいそうな話ね。それで今のご主人と結婚したのは？」

「辰夫と死別してから一年すこししてのことだ。寛治の方から強烈に求婚したらしい。信子さんも経済的には安定していても、やはり幼い子供をふたりも抱えて不安があったのかもしれないね。請われるままに結婚したようだ。その翌年に冬子が生まれている」

「なんだか目まぐるしい人生ね。あたしには信じられない」

「だが、寛治と結婚してからは、ほとんど波風の立たない静かな人生だったようだよ。今年になって導師にのめり込むようになるまでは、だがね」

「やっぱり、導師のせいで死んじゃったのかな、信子さんは……」

アキは寂しそうに言った。

「それはまだ何とも言えないが……、しかしなんらかの繋がりがあることだけはたしかだな」

「導師の正体はわかったの？」

「ああ、それなら先に警察が調べていたんだがね」

と、私は高森警部から仕入れた導師に関する知識を披露した。

「やっぱり詐欺師だったのね。ひどいわ……」

アキはまるで私が導師であるかのように睨みつけた。

「だけど、その密告の電話ってのも気になるな。女の人の声って言ってたわね？　誰かしら？」

「私はあの三姉妹の誰か、だと思っている」

私は断言した。

「他に導師のことを密告しそうな人間はいないからね。だが、そのうちの誰かはわからない」

「そうねえ、こんな事件になったら自分から名乗り出たりはしないでしょうしね……」

「そうだろうね。ところでその三姉妹なんだが、俊介君が奇妙なことを気にしていてね」

私は内心苦笑しながら言った。

「え？　何？」

「彼女たちの名前だよ。春、夏、冬と名前が季節を示しているだろ？　三人とも父親が違ったり母親が違ったりしているのに名前だけはつながっている」

「そう言えば、そうだけど……。それが何か問題になるの？」

「最初の春子の名づけ親は東畑辰夫なんだが、後のふたりは信子さんが命名したらしいんだ」

「三人とも女の子なんだから名前に関連があった方がかわいいと思ったんじゃないの？」

「そうかもしれないが……」

「でも、おかしいんです」

と俊介が言った。

「普通に考えたら、春に生まれたから春子という名前にするでしょ？」

「まあ、そうよね。春子さんって春に生まれたんじゃないの？」

「いえ、春子さんは三月生まれです。夏子さんは七月生まれ。でも、冬子さんだけは十月生まれなんですよ。おかしいでしょ？」

俊介が勢い込んで話すと、アキも首を傾《かし》げた。

「そうねえ、十月じゃ冬って言えないわね……。でも、だからってそれが何か問題になるのかしら？」

アキも私と同じ意見であるらしい。だが俊介はきっぱりと言った。

「問題がある、と僕は思います」

「どんな問題?」

アキが訊くと、俊介は言った。

「まだ、わかりません。でも、何か気になるんです」

「まあ、俊介君がこれほど言うのだから、私も少し調べてみるつもりだけどね」

私は俊介の気持ちを慮《おもんぱか》って言った。

「しかし、命名者である信子さんが死んでしまった以上、どうしてそんな名前をつけたか知ることは不可能のような気がするね」

「冬子さん自身に訊いてみたらどうかしら?」

アキが提案した。

「子供って、一度は自分の名前の由来を親に訊いてみるもんだと思うの。だから冬子さんも聞いているかもしれないじゃない」

「それは、そうかもしれないね」

私は消極的に賛同した。

「しかしすぐに訊きに行くってこともできないな。私は他に調べたいこともあるし……」

「じゃあ、僕が行きます」

俊介はすぐにも店を飛び出しそうな勢いであった。

「待ちなさい。君一人で行っても相手にしてくれないかもしれないぞ」

「でも……」

もどかしげな俊介を見て、私も少し心が痛んだ。

「じゃあ、あたしと一緒に行こうよ」

とアキが言った。

「あたしも野上さんの助手ってことにしてさ、そうすればいいでしょ？」

「いや、そういうことじゃないんだよ」

私は言った。

「表向き、豊川寛治からの依頼は取り下げられてしまったんだ。だから私たちがのこのこ乗り出しても、寛治が家においそれと入れてくれるとは思えないんだ」

「そんなの簡単よ。こっちが冬子さんを呼び出せばいいんだから」

アキはいとも簡単に言ってのけた。

「大丈夫よ。そのへんの駆け引きは任せて。いいでしょ？」

「あ、ああ……」

私はすっかり押し切られた恰好になってしまった。

「じゃ、善は急げだわ。俊介君、さっそく始めましょう」

アキはそう言って立ち上がった。

「はい！」

俊介も椅子から立った。

ジャンヌまでがむっくりと起きあがった。

「おいおい、ここの仕事はどうするんだ？」

私は慌てて言った。するとアキは当然のことのように、

「店長が頑張ってくれるわ」

と言った。

「そんなこと言ってると、首になるぞ」

私が諭すと、アキは胸を張って答えた。

「大丈夫。あたしがいないとこの店はやっていけないんだもの。何があってもあたしを辞めさせるようなことはしないわよ」

第十四章　時間外捜査会議

アキと俊介が飛び出した後、私はひとりで高森警部を訪ねることにした。

前もって電話を入れてみると、警部はちょうど捜査会議が終わったところなので、一緒に食事をしようと言った。

――たまには焼き肉でも食いませんか。うまい店があるんですよ。

警部の教えてくれた店は、さして大きくもないごく普通の焼き肉屋だった。先に行って麦酒《ビール》を飲んでいると、十分ほどして警部が池田、武井の両刑事を連れてやってきた。

「や、遅れてすみません。署長の小言を聞かされていたんでね」

警部は苦笑しながら言った。

「小言って、今回の事件のことかね?」

「そう。豊川家から抗議が来たそうでね。捜査が強引すぎるとかで」

「豊川寛治だな……」

「議員の先生を通じて、俺を名指しで抗議したらしいですな。暇な奴だ」

警部はしかし、そんなことなどまるで気にしていないようだった。

あらためて麦酒で乾杯し、次々と焼かれる肉を無心に頬張った。たしかに警部が推薦するだけあって、うまい店だった。

ある程度腹の虫が鳴りやんだところで、警部の方から話を切り出した。

「豊川では野上さんへの依頼を取り止めたそうですね?」

「ああ、どうやら厄介ばらいされたようだね」

「いけ好かない野郎だ」

警部は唸った。

「それで野上さん、この件から手を引くつもりですか?」

「いや、このままではすっきりしないからね。できれば最後までやってみたいと思っているんだ」

「そうこなくっちゃ」

警部は満足そうに言った。

「我々は野上さんの協力を全面的に歓迎しますからね。あの野郎が何を言ったってかまうことはないです。徹底的にやりましょうや」

「そう言ってくれるとありがたい。実は警部に電話したのもそのお願いをしようと思っていたからなんだ。これで安心して事件を追いかけることができるよ」

私は内心ほっとしていた。警部の協力が得られなければ、この先捜査をすることが不可能になってしまうからだ。しかしこれで心置きなく仕事ができる。

「ところで、夏子の尋問はできたかね？」

「ええ、一応はね」

警部の面白くなさそうな顔を見ると、あまり期待できる結果ではなかったようだ。

「武井、野上さんに報告しろ」

急に警部に指示され、武井刑事は慌てて口一杯に詰め込んでいた肉を咀嚼《そしやく》した。そして体中を探って手帳を取り出し、読み上げた。

「えっと、豊川夏子の証言。まず問題の貼り紙について。私が部屋を掃除していた時には絶対あんな物はありませんでした。勿論、私が貼ったのでもありません。次、音楽室の鍵について。鍵は私がずっと持っていました。掃除をした後で他の人に渡したということはありません。音楽室の鍵はこれひとつで、他にはありません。掃除の時には隣の小部屋も覗きましたが、誰もいませんでした。だからあの部屋に誰かが隠れていたようなこともありません。……この先は夏子さんが興奮状態になったために医師に止められてしまって、尋問できませんでした」

「まあ、予想通りの答えだな」

と私は感想を言った。

「それで、警部は夏子の証言をどう思う？　本物かね？」

「なんとも言えませんね」

警部は麦酒を飲みながら言った。

「野上さんが言った通り、夏子と導師が共犯だとすると、やり方があまりに見え透いてますが、我々がそう考えるのを見越して敢えてやったのかもしれない。夏子が元気なら署まで来てもらうところなんですが、当分は無理みたいですな」

「あの……」

武井刑事はおずおずと発言した。

「ん？　何だ？」

「あの……、僕はあの人は嘘を言ってないと思います……」

「あの人って、夏子のことか？　どうしてそう言えるんだ？」

警部が突っ込むと、武井刑事はへどもどしながら、

「あの、えっと……だって、いい人ですよ、あの人は」

言いながら武井刑事の顔が真っ赤になってきた。麦酒の酔いがまわってきたわけではなさそうだ。

この様子を見た池田刑事が笑いながら、

「武井は、女の子には弱いからなあ」

と揶揄した。

「僕、そんな……」

武井刑事は大きな体を丸めながら、必死で抗弁しようとして、一言も言えずにいた。今時の

刑事には、いや、今時の若者には珍しいほど純情な男である。

「武井、何か勘違いしてないか？」

警部は部下を睨みつけた。

「俺たちはな、情実で捜査しちゃいけないんだよ。女だろうが子供だろうが、しっかりした証拠もなしに白黒を決めるんじゃない」

「はい……」

武井刑事は俯いて、小さな声で返事をした。その鼻先に警部は麦酒の瓶を突きつけた。

「ほら、うじうじしてないで飲め。別に彼女を疑っているわけじゃないんだからな。ただ言っていることが本当かどうかわからないだけだ」

「私も夏子があの紙を音楽室に貼ったという考えには、実は同調できないんだよ」

私が言うと、警部は振り返って、

「ほう、どういう理由で？」

「動機さ。導師と夏子が共犯だとしても、あんな貼り紙をみんなに見せびらかす理由がない」

「それは、導師が自分のやったことを誇示したいから貼らせたんじゃないですか？」

「警部は導師が犯人だと思っているのだね？」

「ええ、今のところ、一番怪しいのは導師でしょうな。野上さんは違うんですか？」

「私はまだ、誰とも考えていない。たしかに最も容疑が濃いのは導師だと思っているがね。だが、導師が犯人だとしても、わざわざ自分の犯行を自慢げにみんなに披露するだろうかね」

「わかりませんよ。あんな妙な教義を考えてた奴だから、頭の中がまともじゃないのかもしれない」

「いやいや、私はあの教義を読んでから、なおのこと導師が狂人とは思えなくなってきたんだ」

「なぜです?」

「導師の行動は極めて打算的だったと思う。金満家の信子に取り入り、屋敷の一角に住みつき、そこを根城に新興宗教を興そうとしていた。あの教義も支離滅裂ではあるが、それなりに魅力的なものだ。導師に弁舌の才があれば、信者を獲得するのは難しいことではあるまい。そして信者が集まれば、金も集まる。導師はそうした計画を着実に進めてゆくつもりだったんだよ」

「しかし、導師の一番の信者が殺されてしまっては……」

「そこだよ、問題は」

私は言葉に力を込めた。

「今回の殺人は導師にとって破滅的な打撃だった。資金援助を期待していたはずの信子に死なれてしまっては、教団を作ることもできなくなるだろう。それどころか彼が容疑者として追われる立場になってしまった。ただでさえそうした危険な状態であるのに、あんな貼り紙で更に自分の立場を悪くするような真似はしないと思うがね」

「すると、こういう事も考えられますね」

と、今度は池田刑事が箸を指揮棒のように振りながら、言った。

「つまり、導師を陥れるために今度の事件は起きた、ということですよ。誰かが導師の計画を阻止するために、彼の頼みの綱である信子を殺したんです」

「なるほど、悪くない見方だ」

警部が珍しく部下の意見を褒めた。

「おまえにしちゃ、鋭いじゃないか」

「いやあ……」

と池田刑事は照れた。

「どうしてその意見をさっきの捜査会議で出さなかったんだ？　あの時は居眠りしてたじゃないか」

「あは、ばれてましたか……」

池田刑事は頭を掻いていた。

「今、野上さんの話を聞いてて思いついたんです」

「仕事は勤務中にしろよな。だが、池田の意見を考慮すると、あの貼り紙騒ぎが夏子の狂言だという考えがもう一度復活してくるな」

「どうしてですか？」

武井が尋ねる。

「夏子が導師と敵対関係にあるからだよ」

「敵対関係？」

「遺産のことだね?」

私が指摘すると、警部は頷いた。

「これは夏子ひとりじゃなくて、豊川家全員に言えるんだがね。導師に入れあげた信子が、自分の財産を奴の言うがままに浪費してしまっては、彼らの取り分がなくなってしまうわけだ。だから夏子はあの貼り紙を壁に貼って、導師の犯行であることを強調した。そうすれば、導師が犯人として逮捕され、彼らは安泰、というわけだ」

「その場合、夏子が信子殺しの犯人だと考えるかね?」

私が言うと、警部は薄く笑って、

「あるいは、豊川家の誰かと共謀して、かもしれませんがね」

隣で話を聴きながら、武井刑事は体を硬直させていた。夏子犯人説が衝撃であったのだろう。

「信子の遺言はどうなっていたのかね?」

「それがね、信子は遺言書を作っていなかったんですよ。信子の顧問弁護士にも確認してみたんですが、彼女は弁護士が勧めてもどうしても遺言を作ろうとしなかったらしいんです。自分が死ぬことを想定して何かするなんて絶対に嫌だ、とね」

「一生死ぬつもりがなかったのかな?」

池田刑事が意味不明の感想を洩らした。

「すると、信子の遺産は法律に従って分配されるわけだね?」

「そういうことになりますね。夫の寛治と三人の娘に分けられるわけです」

「では、豊川家の人間全員にとって導師は眼の上の瘤《こぶ》であったわけだ。いつ信子が彼らの懐《ふところ》に入るべき財産を食いつぶすかわからなかったのだから」

やはり、豊川家の誰かが導師を犯人に仕立て上げたという考えが、一番納得できるように思える。

だが、問題になるのは……。

「やっぱり、密室が問題だよなあ……」

まるで私の心を読んだように、池田刑事が悔しそうに言った。

「そうだ、あの謎が解けんかぎり、誰が犯人であったとしても、逮捕することはできないぞ」

警部はそう言いながら、最後に残った肉を素早く取った。

「あ、最後まで取っておいたやつ……」

池田刑事が情けない声で呻いた。警部はそんな部下の呪詛《じゅそ》の声を無視して、

「ああ、それからこれも言っておかなきゃならないんですが、野上さん」

「何かね？」

「信子の司法解剖の中間結果が出たんですがね……」

「おお、早かったね。それで？」

「それが、あんまり嬉しい話じゃないんですよ」

警部は今食べた肉が生焼けであったかのように渋面を作って言った。

「死因は心臓麻痺でした」

「心臓麻痺？」

「ええ、単に心臓が停止しただけらしいんです。特に毒物が使用された形跡もないし、外傷と言っても例の蠟燭による掌の火傷《やけど》くらいでしてね。もっとも毒物に関しては組織分析ってやつを済ませるまではっきりした結論は出せないそうですが、あの飲んべえ、じゃない角田は恐らく毒物の使用はないだろうと言ってました。やはり何か非常に驚いたか怖がったかして、心臓が停まってしまったらしいんです」

「驚きか恐怖ねえ……」

私は月光亭の床に磔にされていた信子の顔を思い出した。たしかに何かに驚いたような表情を張りつかせたまま、彼女は息絶えていた。だが、何が彼女を死ぬほど驚かせたのだろうか。

私は人の心臓を停めるほど恐ろしいものについて想像を巡らせ、気分が悪くなった。

「しかし、信子は心臓が悪かったとか、そういうことはなかったのかね？」

「それはなかったようですね。正常な心臓だそうです」

「そうか、じゃあ無理だな……」

「無理って、何がですか？」

「いやね、今ふっと考えたんだ。掌に火傷があったと言っていたから、それが心臓を停めた原因じゃないかとね。つまり火傷の痛みが衝撃となって心臓麻痺を起こしたのではないか、と」

「それは無理ですな。それくらいのことでは人間は死にませんよ。ただ……」

「ただ？」

「その火傷なんですが、ちょっと奇妙なことがあるんですよ」

「今までの状態も充分に奇妙なんだが、まだその上に何かあるのかね？」

「ええ、角田が言ってたんですが、火傷痕に生体反応のある部分とない部分があったらしいんですよ」

「何だって？　と言うことは……」

「今までは死んだ後に蠟燭の火をつけたのかと思ってたんですが、実は信子は生きながら蠟燭で掌を焼かれていた、というわけです」

私は警部の言葉を聞いて、ある光景を頭に思い浮かべた。

——真っ暗な月光亭の床。そこに磔にされている信子。彼女の右掌には蠟燭が燃えており、熱く溶けた蠟が彼女の指を焼いている。苦しみに悶《もだ》え、悲鳴をあげる信子——。

「信子は磔にされたまま、拷問にかけられていたわけだな。酷いことを……」

「ところが、その図式も成り立たないみたいなんですよ」

警部は納得のいかない様子であった。

「もし、信子があの床に磔にされたまま拷問みたいに焼けた蠟を垂らされたとしたら、当然彼女はもがいて逃げようとしますよね。ところが縛られていた手や足には、縄で擦《こす》られた痕がないんです」

「それはつまり、信子が床に磔にされた時には既に死んでいたか、あるいは意識をなくしていたということだね？」

「そうです。とすると考えられるのは、信子が死ぬ寸前、意識をなくした時から蠟燭が彼女の掌を焼き始めたということですな。しかし一体、何だってそんなことをしなきゃならなかったんだろう……?」

私は暫く黙り込んで、あれやこれやと仮説を作り上げては崩すことを繰り返した。そして最終的に結論した。

「見当もつかないね」

「やはりそうでしょうね」

警部は少しばかり気落ちしたようだった。

「実は先程の捜査会議でもこの件については誰も意見を出せなかったんです。導師の考えた宗教的儀式の一部ではないか、とも考えたんですが、どうも納得できない」

「意味不明のことが多すぎるよ。この事件には」

私は心ならずも弱音を吐いてしまった。謎は深まるばかりである。

肉も麦酒もなくなり、私たちの前には未解決の事件だけが残った。お互いに沈黙したまま、物思いにふけっていた。

と、突然高森警部がわめき出した。

「ああ、もうやめだやめだ。この話はもうやめ!」

唖然としている私たちに向かって、警部は先程までとは打って変わった陽気な口調で言った。

「河岸《かし》を変えましょうよ。ちょっと事件のことは頭から放り出して発散させねえと、このまんまじゃ性格が暗くなっちまう」

警部に急かされて、私たちは腰をあげた。近所でやはり警部のいきつけだという酒場に入り、今度は事件の話は一切抜きで飲み続けた。最初のうちは警部の切替えについて行けなかった部下たちも、次第に陽気になって騒ぎ始めた。私は酒の席で騒ぐのはあまり好きな方ではなかったが、警部の相手をしているうちに、だんだん気持ちが楽になってきて、いつしか彼らと一緒に歌ったり騒いでいたのだった。

ふと気がつくと、午前零時を回っていた。私はふらつきながら立ち上がり、彼らに礼を言って帰宅することにした。高森警部は別れ際に言った。

「野上さん、俺たちは金持ちなんかに負けないよなあ、俺たち、正義の味方だもんなあ!」

私は心優しき刑事たちに手を振って言った。

「そうだ。我々は正義の味方さ」

車を捕まえ、自宅に戻ったのは午前一時近くであった。晴れ渡った夜空に星が寒々とした光を放っていた。一瞬強い風にあおられ、私の外套《がいとう》がはためいた。その音が何か寂しい呟きのように聞こえた。

玄関前の外灯に、うずくまる男の子の姿が照らし出されていた。

その姿を見た瞬間、はっとした。忘れていた。彼にはまだ我が家の鍵を渡していなかったのだ。私は慌てて駆け出した。

俊介は私の足音に気づくと顔をあげた。彼の顎の下からジャンヌも顔を見せた。

「あ、お帰りなさい」

私は言葉が出なかった。体を震わせながら立ち上がった俊介を黙って抱きかかえると、急いで玄関を開けて中に入れた。自分の息が酒臭いのはわかっていた。それを俊介に悟られたくなくて、私は顔を背けていた。

ストーブに火を入れ、湯を沸かす用意をすると、私は一人住まいで乱雑になっている食卓の椅子に俊介を座らせ、向かい側に立った。彼は私が怒っているとでも勘違いしているのか、少し脅えているようにも見えた。

「すまん、遅くなった……」

やっと、それだけ言えた。

俊介はどうやら私が怒っているのではないとわかったのか、安心したように溜め息をついて、

「僕も遅くなっちゃったから、ごめんなさい」

と言った。

恥ずかしくて彼の顔をまともに見ていられないので、私は紅茶の用意をするために食器棚の前に行った。その背中に向かって俊介は言った。

「僕、ここにいちゃいけませんか、やっぱり……」

はっとして、私は振り返った。俊介はさも何でもないふりをして、私に言っていた。

「僕が邪魔だったら、帰りますから」

「そんなことは、ないさ」

私が言うと、俊介の虚勢に少しだけ影が差した。彼はか細い声で言った。

「だって、野上さん、僕のことを怒ってる……」

「君を怒っているんじゃないんだよ」

私は言った。

「私自身に腹を立てているんだ。私は君を放っておいて酒を飲んでいた。君がひとりでは家に入れないことを忘れていた。いや、もっとひどい。私は飲んでいる間、君のことを完全に忘れていた」

私は彼の前に立って頭を下げた。

「すまん、君にこんなにも寒い思いをさせて、申し訳ない」

「野上さん……そんなこと、いいんです。僕、野上さんの邪魔にさえなってなければ……」

私は熱い紅茶を淹れて、彼と自分の前に置いた。私たちは暫くの間、何も言わないでそれを飲んだ。

やがて、私の方から話を切り出した。

「私は、長いあいだ独り暮らしをしすぎていたようだ。誰かと一緒に暮らすということがどういうことか、すっかり忘れてしまったらしい……」

「野上さん、お父さんとかお母さんとか、家族の人はいないんですか?」

俊介がためらいがちに尋ねてきた。

「親父とお袋は田舎で健在だよ。しかしもう、何年も帰っていない。家族はそれだけだ」

「でも、奥さんがいたんでしょ?」

そう言ってから、俊介はしまったという顔をした。私は笑って見せた。

「別に隠していることじゃないから、気にしないでいいさ。一昨日ここに泊まった時に写真を見たんだね?」

「はい、机の上に女の人の写真があったのを見てしまいました。ごめんなさい……」

「謝らなくってもいい。あれが私の家内だ。五年前に病気で死んだがね」

「きれいな人ですね」

「ああ、きれいな人だった。明るい子だったし」

その妻の思い出も、少しずつ薄れている。私にはわかっていた。心に傷を負った者にとって、時は最も優秀で、そして残酷な医師である。

「家内が死んでから、私はずっとひとりでやってきた。仕事の上では石神さんと一緒だったが、もともと石神さんも孤独が好きな人だったから、私生活も一緒というわけにはいかなかったしね。だからずっと男やもめさ」

「もう、結婚しないんですか?」

私は俊介を見つめ直した。思っているよりませたことを言う子だ。

「今更、こんなおじさん探偵を相手にしてくれる人なんて、いやしないさ」

「そんなことないです。だって……」

と俊介は何か言おうとして、やめた。

「何だ？」

「いえ、いいんです……。僕が言っちゃいけないんです」

奥歯に物が挟まったような言い方、というやつだった。俊介はその話題を追及されたくないのか、自分のことを話し出した。

「僕、小さい時から親がいなくて、施設で大きくなったんです。初めて施設に来た時は、まわりの人がみんな怖くて、自分が何をしたらいいのかわからなかった。それに苛《いじ》める子もいたし、先生の中にも優しい人と意地悪な人がいて。僕はその時、人間って優しい人と優しくない人の二種類いるんだって、わかったんです。だから人と会ったら、すぐにその人が優しい人かそうでない人か区別しなきゃならないと思いました。優しい人の側にいれば安心だから。でも、優しい人でも僕のことを嫌いな人もいるから、いつもみんなに嫌われていないかどうか、心配だったんです……」

私は俊介の告白を、驚きをもって聞いていた。彼の鋭い推理力と人間観察の明敏さは、実は彼が生きてゆくために必要な武器であったのだ。周囲の人間の性格を探り、相手の行動原理を知って対処してゆく。それは大人でさえ難しい生き方である。俊介は弱冠十二歳でありながら、そうした理知的な方法を会得《えとく》していたのだ。

しかしそれはまた逆に、彼に過酷な生き方を強いることになったのだ。このままでは俊介は、人の顔色ばかり気にする人間に育ってしまう危険もある。

彼には誰かが必要なのだ。こわれもののように過敏すぎるほどの感性を持ったこの少年を支え、自信を持たせて、決して内に閉じ籠もることのない人間になるよう見守ることのできる者が。

彼の親が、必要なのだ。

「俊介君……」

「はい？」

「あまり、深く考えなくてもいいと思うよ」

私は自分の気持ちを整理できないまま、しかしどうしても話したくて話しはじめた。

「たしかに相手がどういう人間か前もって知っておくのは重要だ。だが、そんなことばかり気にしていると、いつも人の眼ばかり気にする、少しも面白くない人生になってしまうぞ。現に今だって、私の顔色ばかり窺っていただろ？」

「……はい」

「そんなことする必要はないじゃないか。だって、私たちは友達なんだから」

「友達……、ほんとですか？」

俊介は私の言葉に驚いたようだった。

「もちろんだ。友達だから、変に気をまわす必要などないんだよ。もっと気楽にここにいてくれ」

「……はい」

俊介が俯いた。肩が少し、震えていた。

「ありがとう……」

ジャンヌはそんな俊介を心配そうに見上げていた。

私は俊介が泣いていることについては何も言わなかった。彼も何も言ってもらいたくはないだろうからだ。私はかまわずに話題を変えた。

「さて、ではふたりがばらばらに行動していた間のことを互いに教え合おう。まず、私が高森警部から仕入れた話をするからね」

私は警部たちと焼き肉屋で話した内容を、俊介に話して聞かせた。最初は俯いたまま涙を拭いていた彼も、次第に私の話に興味を移してきて、いつしか興味深そうに赤く腫《は》らした眼を私に向けていた。

「さて、私の話はこんなところだ。次は君の方の話を聞かせてもらおうか。冬子さんには会ったのかね?」

私が訊くと、俊介は頷いて、

「はい、アキさんが頑張ってくれて、冬子さんを外に呼び出すことができたんです。それで名前のことを訊くことができました」

「それはすごいな。アキにも意外に素質があるのかな?」

「アキさん、頑張ってましたから、本当に一生懸命に野上さんのために」

「私の?」

私が聞き咎めると、彼ははっとした顔をした。

「いえ、だって、野上さんの助手のつもりだから……」

「ふむ、すっかり女探偵気取りだな。『紅梅』を首になったらここで雇ってやってもいいが。ところで、結果は？」

「冬子さんも自分の名前は前から変だと思っていたみたいで、信子さんにどうして十月生まれなのに冬子という名前なのか訊いたことがあったらしいんです。だけど信子さんはただ『秋が嫌いだから抜かしただけだ』と言ったそうです」

「秋が嫌いとは珍しいな。私は秋が大好きだ。気候はいいし、おいしいものがたくさんあるし」

「僕も夏の次に秋が好きです」

「そうだね、秋が嫌いという人は少ないだろうね。信子さんは変わった人だったんだな。しかし秋が嫌いだからといって別に冬子なんて名前にする必要もなかっただろうに……」

「冬子さんも、それを訊いたそうです。そしたら信子さんは『冬が好きだから』って答えたそうです」

「秋が嫌いで冬が好きか……ますます変わった人だ。しかし、まあ人の好みなんぞ千差万別だからね」

俊介の熱意のおかげで、もしかしたら何かの手がかりになるかもしれない、と期待していたが、やはり肩透かしだったようだ。

「さて、今まで何か意見はあるかね？」

私が尋ねると、俊介は膝の上のジャンヌを撫でながら、

「僕、信子さんの掌の火傷が気になります」

と言った。

「火傷ねえ。たしかに奇妙なことではあるな。しかし……」

「いくら気絶してたとしても、掌を火傷しそうになっている時に眼を覚まさないなんて変だと思う」

俊介は自分に言い聞かせるように話していた。

「それに犯人がどうして蠟燭で信子さんに火傷をさせようとしたのか、その理由もわからないし……」

「たしかにそうだが……。だが、私にはそれより密室の謎の方がよほど頭が痛いよ」

「密室ですか、あれは簡単だと思うけど」

と、俊介はこともなく言ってのけた。

「何だって？　本当か？」

私はすっかり面食らってしまった。

「はい、たぶんそうだと思うんですけど……」

「何だ？　どうやって密室から導師が抜け出したかわかったのか？」

勢い込んで尋ねると、俊介は言った。

「導師は抜け出したりしてないと思います」

「抜け出ていない？　ではまだ月光亭にいると言うのかね？」

「それはわからないです。僕が思いついたのは、あの家を取り替えてしまうことだから」

「取り替える？」

何を言っているのか理解できない。

「そうです。導師の入った月光亭と信子さんの入った月光亭を取り替えてしまうんです。そうすれば、簡単でしょ？」

「そんな、馬鹿な」

真面目に彼の意見を聞こうとした私の方が馬鹿だったのかもしれない。しかし、家を取り替えるというのは、いかにも子供らしい発想である。

「一体、どうやって月光亭を取り替えたのかね？　君はその方法がわかっているのか？　あの時、我々は導師が入ってからずっと月光亭を監視していた。小さいとは言っても二間もある家をすっかり取り替えるなんて芸当がどうやってできるのか、わかっているのかね？」

「いいえ」

と俊介は軽く答えた。

「でも、そうすれば解決するでしょ？」

「そりゃ、そうだが……」

推理力があるとは言っても、やはり子供である。発想は面白いが突飛にすぎる。笑い出したいのを堪《こら》えて、私は訊いた。

「それで君の考えだと、導師はもうひとつの月光亭にいるわけだね？」

「そうです」

俊介は答えた。

「でも、きっともう死んでるでしょうね」

第十五章　隆の告発

その翌朝。

いつものように「紅梅」で朝食をとっていると、アキが不思議そうな顔をして私たちの前にやって来た。

「野上さん、電話よ」

「電話？　私にかね？」

「そう、なんだか急いでいるみたい」

わざわざこの店にまで電話してくる者など、思いつかない。私はとにかく受話器を取った。

――ああ、野上さん。昨日はどうも。

高森警部の声だった。

「やあ、警部。よくここにいることがわかったね」

私が素直に感心すると、受話器の向こうから警部の笑い声が聞こえてきた。

――野上さんの朝の行動くらい、昔から把握してますよ。ところで今日これから時間取れますか？

「大丈夫だが、何か？」

――例の月光亭の事件、ちょっと面白いことになってきたんですよ。後一時間ほどしたら俺の所まで来ませんか？　客に会わせてあげますよ。

「客？　誰かね？」

――それはこちらに来た時までのお楽しみということで、では。

私が話をする暇もなく、警部は電話を切ってしまった。私は溜め息をついて受話器をおろした。

「何だったんですか？」

席に戻ると俊介が尋ねた。

「高森警部だよ。警察に来てほしいそうだ」

「あら、野上さん、疑われてるの？」

アキが素っ頓狂な声をあげた。

「まさか。事件に何か進展があったようなんだ。会わせたい人がいると言っていた」

「誰なんですか？」

「わからん、私がやきもきするのを楽しんでいるのか、まるで教えようとしなかった」

警部がそうした茶目っ気を見せる時は、機嫌が良いのだ。恐らく事件解決の糸口を見つけたのだろう。

「まあ、そこまで気を持たされたんでは、行くしかないな。君もついて来るだろう?」

私は当然俊介が喜ぶものと考えて言ったのだった。しかし予想に反して彼は困ったような顔をした。

「僕……、どうしようかなあ……」

「どうした? 興味がないのかね?」

「そうじゃないんですけど、今日はこれから出かける約束をしちゃったんです」

「俊介君ねえ、あたしと出かけるのよ」

横からアキが口を挟んだ。

「どこに行くんだね?」

「あたしのね、お祖母《ばあ》ちゃんの所」

アキの答えは、私を当惑させた。

「どうしてまた、アキのお祖母さんの所へなど……?」

「手鞠唄です」

俊介が言った。

「事件が起きた夜、高森警部が天福翁のことを話していましたよね。あの時に警部が唄を歌ったでしょ?」

私は記憶の糸を手繰《たぐ》ってみた。

「ああ、そう言えば、そんなことがあったな……」

あれはなんという唄であったか。内容は思い出せない。

すると、アキが鞠をつく手つきをしながら歌い始めた。

異人館の天福翁　札に火をつけ煙草を吸うて
舟をかつがせ　お山にお花見
お屋敷ひと呑みしてござる

「そう、たしかそんな唄だった。よく知っているね」

「お祖母ちゃんに教えてもらったのよ。昔流行《はや》った唄らしいの」

「なるほど。しかしその唄がどうしたのかな？」

「この唄ねえ、たしか続きがあったの。でもあたし忘れちゃったの。だからお祖母ちゃんに聞きに行きたいのよ」

「その手鞠唄の歌詞が気になるのかね？」

私には警部の手元にあるはずの手がかりの方が気になるのだが。

「それがですね、アキさんはその後の歌詞の中に月光亭が出てくるような気がするって言うんです」

「何だって？」

私がアキの方に向き直ると、彼女は頭痛でもするかのように額を押さえて、

「そうなのよ。野上さんに月光亭って名前聞いた時に、どこかで聞いたなあって思っていたの。それで朝から考えていて、ふっと思い出したわけ。たしかその唄に出てきたはずだわ。でもどんな歌詞だったか、思い出せないの」

アキは悔しそうに言った。

「この手鞠唄は天福翁、つまり豊川寛治さんのお祖父さんの豊川寛左衛門さんのことを唄にしたんですよね。だとすると、もし月光亭がその唄の中に出てくるとしたら、天福翁って人は、月光亭で唄の文句になるような何かをしたことがあるわけです。僕はそれが知りたいんです」

「ううむ……」

私は考え込んでしまった。俊介の言うとおりなら、たしかにその唄の歌詞を知りたい。だが、正直言って三姉妹の名前の由来を調べた時のように、空振りになるような気もする。

「ちょっと待ってくれ」

私はそう言って、高森警部の所に電話をかけた。

「あ、警部。おかしなことを訊くが、この前月光亭で君が歌っていた手鞠唄があったね。天福翁のことを歌った奴だよ。あの歌詞を全部覚えているかね？」

私の唐突な質問に、警部は戸惑っているようだった。

——何ですって？　手鞠唄……、ああ、あの唄ね。歌詞はあれだけですよ。いや、あれだけだと思ったが……よくわからんですな。それが何か？

「あの歌詞に詳しそうな人を、誰か知らないかね?」

——いやあ、わかりませんな。

「そうか、じゃあいいんだ。もうすぐそちらに行くよ」

私は電話を切り、席に戻った。

「仕方ない。ではこれからまた別行動を取ろう。私は警察に行く。俊介君はアキちゃんのお祖母さんの所へ——待てよ、アキちゃんは仕事あるんだろ?」

「今日はね、休み取ってるの」

アキはけろりとした顔で言った。私は店長の方に振り返った。彼は私を見て、肩を竦《すく》めた。

「おい、アキちゃん。協力してくれるのは嬉しいが、あんまり店長を困らせるようなことはしないでくれよ。私がこの店に来にくくなるからな」

「あ、この店のことなら、気にしないでくださいよ」

のんびりした口調で店長が言った。

「客が少ないから、僕ひとりでも充分やっていけますよ」

「店長、そんな商売っ気のないことでどうするんだね。これから奥さんと子供のために稼がなきゃならないんだろ?」

私が心配して言うと、彼はにっこり笑って、

「まかせてください」

と拳を作って見せた。女のように小さな拳であった。

「そうか、ではお言葉に甘えて手伝ってもらいますよ」

そう言いながら私は、ひそかに「紅梅」の行く末を案じざるを得なかった。

「では、手分けをしよう。それぞれの仕事が終わったら、ここで待機すること。それからもし私の方が遅くなった時のために、これを渡しておこう」

私は自分の家の合鍵を俊介に渡した。

「疲れたら、勝手に家に戻っていいからね」

「はい」

俊介は元気に頷いた。

「じゃあ、アキちゃん。俊介君とジャンヌを頼んだよ」

「まかせといて！」

アキは笑顔で答えた。先程の店長よりは頼りがいがあるように思えた。

朝食を済ませた後、私は警察へと急いだ。捜査一課の扉を開けると、書類の山で砦《とりで》が作られているような机を前に、高森警部が煙草をふかしていた。

「やあ、お時間どおりですな」

「一体、何があったのかね？」

私が尋ねると、警部は悪戯っぽい笑みを見せながら、空いている椅子を勧めた。

「まだはっきりとはしないんですがね、ひょっとしたら手がかりがつかめるかもしれないんですね。実はもうすぐここに加島隆がやって来るんですよ」

「加島というと、あの双子の？」

「そうです。彼らの所には昨日うちの者が行って話を訊いてきたんですが、その時は別段おかしな事実は出なかったんですな。夏子の証言と完全に一致していました。ところが今朝になって加島隆から電話があって、是非とも警察に話したいことがある、とこう言うんですよ。それで到着を今か今かと待っている次第でして」

「加島隆ねえ……、一体何の話なんだろうか？」

「さあ、詳しいことはこちらに来て話すと言ってまして、今のところはまるで見当もつかない。しかしね、なんか、こう……」

と警部は自分のこめかみを突《つつ》いて、

「このあたりにピンとくるものがあるんですよ。勘ってやつですかね。それでこいつは野上さんにも是非来てもらおうと思ったわけです」

「それはありがたい。感謝するよ」

「どういたしまして。ところで、あの少年探偵はどうしたんです？」

「俊介は、別のことを調査に行ってるんだよ」

「ひょっとして、さっき電話してきた手鞠唄のことですか？」

「さすがに鬼高警部は鋭いね」

私は別に隠す必要も感じなかったので、警部に手鞠唄に関する疑惑の件を話した。とたんに警部の眼が光った。

「なるほど、そっちも面白そうだ」

「君もそう思うか。もし月光亭に関する歌詞がその手鞠唄の中にあったとしたら、何か手がかりになるかもしれない、と私は思っているんだ」

「手鞠唄ねえ……」

「例の手鞠唄は、天福翁が実際にやったことを唄にしたそうだね？」

「そう言われてますがね。俺の知っている話では、唄の歌詞どおりに天福翁は札で煙草に火をつけて吸っていたそうですよ」

「では『舟をかつがせ　お山にお花見』というのは？」

「裏の山に花見に行くために、天福翁は屋形舟みたいな駕籠《かご》を造らせましてね、それを使用人たちに担がせて山を登ったんです」

「ずいぶん、豪気なことをしたもんだね」

「派手好きで、しかも奇抜なことをしてみんなを驚かすことが趣味だったようですね。馬鹿馬鹿しいことで人を驚かすために、湯水のように金を使っていたとか。その次の歌詞に出てくる『お屋敷ひと呑みしてござる』ってのは、お祭騒ぎが好きな天福翁が、宴会の酒のために屋敷ひとつ分の金を使ったという意味だそうですよ」

「ほう、しかし警部も詳しいじゃないかね」

「まあ、この辺りにずっと住んでいる者にとっては、子供の頃から聞いている話ですからね。しかしこの手鞠唄の歌詞に続きがあったなんて話、聞いたことがないな」

「うむ、やはり記憶違いかもしれないね」

とにかく俊介とアキが調べを終えて戻ってくるのを待つしかないわけだ。

「お、来たようですよ」

警部がそう言って、煙草の火を灰皿で揉み消した。と同時に扉が開いて、不安そうな面《おも》もちの男が顔を見せた。

「あの、高森警部さんはいらっしゃいますか？」

「あ、こちらです。どうぞどうぞ」

警部はいつになく親しげな態度で男を迎えた。男はおずおずと部屋の中に入り、厳めしい顔をした刑事たちがじっと注目している中で脅えを見せまいとして唇をきっと引締めながら、警部の勧めた椅子に腰かけた。そしてやっと私に気がついた。

「あ、あなたはたしか、探偵さんでしたね」

「そうです。豊川邸で御一緒させていただきました、野上英太郎です」

「野上さんのことなら心配しないでください。我々と一緒に今回の事件に取り組んでいらっしゃるわけですから」

「はい……」

加島隆は頷きながら、それでも不安を隠しきれないでいるようだった。

「それで、どんな御用件ですかな？」

「はあ……、実は……」

と言いかけて、隆は言葉を途切らせた。ここに来るまでに考えていた言葉を必死に思い出そうとしているかのように、眉の間に皺を寄せ、次の一言を発するための弾みをつけるためにか、体を少し退いた。

警部も私も、何も言わずに待った。

やがて、隆は溜めていた息を吐き出すように、言った。

「僕は、善良な市民です。ひとりの市民として、正義が行なわれることを望んでいますし、そのための協力は惜しまないつもりです。ただ、人間関係に於いてそれらの義務以上に優先されてしまうものがある。それは市民である前に人間であるがために起こる、やむを得ない事情があるからです。それは理解してもらえますよね？」

汗をかきながら、隆は言葉をひとつひとつ探るようにして喋った。ひどくまわりくどい言い方であったが、彼が何に躊躇しているのかはわかった。

「わかりますよ。時として人は誰かのために嘘をついたり、黙っていたりしなければならない時があるものです」

私が助け船を出すと、隆はそれにすがりつくように顔をあげた。

「そうです。わかってもらえますよね」

「しかし、嘘をついたり黙っていたりすることは、時には罪となるのもご承知ですね？　特に今回のような殺人事件に係わるような場合においては」

隆の顔に現われかけていた、同士を見つけたことへの安堵感が、血の気が下がるように消えていった。

「加島さん、まわりくどい前置きは抜きにしていきましょう」

単純明快を旨としている警部が、隆と私の問答に痺れをきらせて言った。

「昨日お話を伺った時、あなたが嘘をついていたとしても、警察としては何も咎めだてはしません。ただし、今から本当のことを話してもらえるなら、という条件がつきますがね。よろしいですか？」

隆は渋々ながら頷いた。

「では、お伺いしましょう」

警部はにんまりと笑うと、椅子に深く座り直した。隆はまだ迷っている様子だったが、やがて話しだした。

「昨日、事件があった日のことについてお話しした時、昼食の後で僕と康は、夏子さんと一緒に音楽室で練習をしていた、と言いました。でも、それは嘘でした。練習していたのは、僕ひとりでした」

隆の証言は、警部にかなりの衝撃を与えたようだ。彼が身じろぎしたために、椅子が呻くような音を立てた。

私はあの日の午後のことを思い出そうとしていた。豊川氏に案内されて屋敷の中を回っていた時、音楽室の方からかすかに聞こえていた音。ピアノとバイオリンを練習しているという先入観があったためにそう思いこんでいたが、言われてみれば、あれはピアノの音だけだったような気がする。

「では、夏子さんと康さんは、どこに?」

「知りません。逢引でもしていたんじゃないですかね」

そう言った隆の表情の中に、一瞬残酷な陰が見えた。

「ふたりは、そういう関係だったのかね?」

私が重ねて訊くと、隆は苦しそうに頷いた。

「いつから?」

「もう一年くらい前からだと思いますよ」

「いや、私が訊きたいのは、夏子さんと康さんが音楽室にいなかったのは、いつからいつまでか、ということです」

「それだったら、昼食の後すぐ三人で音楽室に入ったんですが、三十分くらいしてふたりが出ていきました。たぶん、午後一時半くらいだったと思います。帰ってきたのは、五時半くらい。だからまるまる四時間いなかったわけです」

「四時間ねえ」

警部が呟いた。

「それで、あなたはふたりに、ずっと一緒に練習していたと口裏を合わせてくれと言われたわけですか?」

「ええ。誰にも言わないでくれと……」

隆の顔が屈辱を思い出したように真っ赤になった。

「勝手なことを言って……、人を何だと思ってるんだ……」

「いつも、そうしてふたりでどこかに行っていたわけですかな?」

私は彼の神経を逆撫でしたくはなかったが、訊かねばならなかった。

「ええ、親の眼を盗んで逢引する時には、いつも僕が嘘をつかされてましたよ。学校で練習して帰るとか、定期演奏会だとかね。アリバイ作りには恰好の人間だったわけです」

「ふたりが音楽室を抜け出してどこに行ったか、わかりませんかね?」

警部が尋ねると、隆は激しく首を振った。

「知りません。知りたくもない。彼らは不潔です。最も心血を注ぐべき音楽を隠れ蓑《みの》にして、好き勝手なことをしているのだから。しかし、僕ももう黙ってはいられません。彼らの悪行を正さねばならない」

悪行とはまた大袈裟な言い方だと思った。

「どうしてふたりはそうまでして自分たちの行動を秘密にしたがったのですか?」

私の問いに、隆は歪んだ笑みを浮かべて答えた。

「夏子さんのお母さんが、彼女が男とつきあうのを許さなかったからです。夏子さんは信子さんの掌中《しょうちゅう》の珠《たま》でした。これから世界的ピアニストに育てるために、一切の醜聞を嫌ったのです」

「なるほどね」

警部が呟いた。隆の言うことが本当なら、夏子と康には信子を殺害する動機があることになる。特に夏子にとっては遺産と愛情のふたつを手に入れるために、母親が邪魔だったのかもしれない。

「康さんは、信子さんのことをどう思っているか、御存知ないですか？」

警部が質問した。

「憎んでいましたよ。康はすぐにでも夏子さんと一緒になりたいようでしたから。その計画も進めていたみたいです」

私は夏子を尋問した時に彼女が言ったことを思い出した。

――あたしはもうすぐ家を出ていくつもりだったの。

この言葉は、夏子が康と一緒になるつもりでいたことを意味していたのではないか。

「しかし、どうしてまた、今になって我々に話してくれる気になったんです？」

警部が意地悪な質問をした。隆はむっとした表情になって、

「それは、先程も言いましたように、市民としての義務を果たそうと思ってですね……」

「なるほど、良い心がけですな」

警部の言葉には若干の揶揄が含まれているようだった。

「今、康さんはどこにいますかね？」

「家におりますでしょう。さっき出てくる時にはおりましたから」

「わかりました。ではは康さんからもお話を聴くことにしましょう。他にお話しになることはあ

ります か？」

隆は黙って首を振った。その様子には、少しばかりの罪悪感も混じっているように見えた。

「それでは、これでお引き取りください。ご協力には感謝します」

「あの、この件は僕から漏れたとは言わないでいただけますか？」

隆の言葉に警部は頷いた。

「我々の方から明かすことは、絶対にしませんから御安心ください。また何かあったら御遠慮なくお知らせいただきたいと思います」

名残惜しそうに、というより取り返しのつかない物をここに置き去りにしてゆくかのように、隆は何度も振り返りながら、部屋を去った。

「さて、この情報をどう受け取るかね？」

私が尋ねると、警部は煙草に火をつけながら、

「まだなんとも言えませんな。信子の死亡時刻は解剖の結果、午後七時から午後九時の間と出ましたから、直接には殺害と関係はないのかもしれない。だが、なんらかの小細工をするためにアリバイを作ったのかもしれませんね」

「小細工？　密室のかね？」

「そういう考え方もできるということですよ。とにかくあのふたりを徹底的に洗ってやりましょう。こうなったら参考人としてひっぱることもできますしね」

「しかし、隆はなぜふたりを告発したりしたのだろうね？」

「嫉妬ですよ」

と警部の答えは明快であった。

「同じ顔した双子でありながら、夏子は康の方に惚れてしまった。残され者の隆としてはおもしろくないでしょうな。その上アリバイ作りのお先棒を担がされたんでは割に合わない。それで訴えて出たわけでしょうよ」

「私もそんなところだと思うが、兄弟でそういう真似をするなんて、やるせないねえ」

豊川邸の庭で初めて夏子と加島兄弟に会った時のことを、私は思い返していた。

あの時の夏子はどちらにも等分に笑みを振りまいていたが、既に気持ちは一方に決まっていたわけである。女の演技力というのはすごいものだ。私にも俊介にも見抜けなかった。

「それはともかく、夏子と加島康をもう一度揺さぶってみますよ。野上さんも一緒に行きますか?」

私は同意しようとして、一瞬悩んだ。ここで個人的感情をまじえるのは探偵として恥ずべきことではあったが、警察に追い詰められる恋人たちを見るのは、あまり気分のよいものではなかった。それに私は妙に俊介のことが気になっていた。彼とアキが調べてきた結果をすぐにでも知りたいのだ。

「彼らの尋問は警部に任せるよ。私は俊介の線を調べてみる」

「あの手鞠唄ですね。それではお互い、結果が出たら報告し合いましょうや」

「了解だ」

私は捜査一課の部屋を出た。

第十六章　因果の子ら

高森警部の所を出てから、私は英知女子大がすぐ近くにあることを思い出した。かつて信子が講師として勤め、東畑辰夫と巡り合った場所である。

と言っても既に二十年も昔の話であったから、おそらく彼らのことを知る者は残っていないだろうと思った。だが折角だから、無駄だということを確認するために行ってみようと思ったのである。

しかし、ここで嬉しい誤算があった。東畑辰夫が助手をしていた英文学の教授が、今では学長となって健在であったのだ。

私が身分を明らかにして来意を告げると、厳めしくも麗々しい白い漆喰《しっくい》壁の大学本館に通された。学長室は、その三階にあった。

学長は自分の机の前で何か書き物をしていた。私が入ってから暫くの間は顔も上げずに仕事を続けていた。それはしかし単なる演技であることを、私は見抜いてしまった。書き物をしているように見せていたが、ペンが同じ場所から動いていないのだ。

やがて学長は顔を上げた。もう七十近くであろう、頭蓋骨の形が見て取れるほど痩せた顔に銀縁の眼鏡が載っている。学長は私の存在など眼中にない、といった素振りで眼鏡を外し、机の引き出しにしまった。そしてやっとのことで私の方を向いた。

「申し訳ありませんでした。なにせ忙しい身ですので」

おまえに分け与える時間はないのだぞ、とでも言いたげな態度であった。私は鈍感なふりをして名刺を差し出した。

「こちらこそ、突然にお邪魔して申し訳ありません。あまりお時間は取らせませんので」

学長は名刺の真贋《しんがん》を鑑定するように裏側まで確認した後、眼鏡と同じ引き出しに入れた。

「それで、どういう御用件でしょうかな？　なんでも昔ここにいた者についてのご照会とか？」

「はい、もう二十年も前になりますが、こちらに東畑辰夫という方がいらしたと思います。その方のことについてお話を伺いたいのですが」

「彼は死にましたよ」

学長は即座に言った。まるで東畑についての記録は、その一言しか残っていないかのようであった。

「それは存じております。私が伺いたいのは、東畑さんがこちらでお仕事をしていた頃のことです」

「そんな昔の話を聞いて、どうするおつもりですかな?」

学長の眼に警戒するような陰が差した。私は忍耐強く言った。

「現在起きているある問題を解決する上で、東畑さんの過去が重要な鍵となることがわかったのです」

「問題、と言いますと?」

質問しているのはどちらか、わからなくなってきた。

「非常に重要な事件、とだけ申しておきたいと思います」

「それでは、話になりませんな」

学長の言葉は冷たかった。

「何が問題であなたがこちらに来たのか、それが不明では協力することはできません」

私は苛立ちを感じながらも、ふと思った。この学長は何かを隠そうとしている。だからこんなにも非協力的なのだ、と。

私は態度を改めることにした。

「それでは仕方ありませんな」

私が急に居丈高な態度に出たので、学長は少し驚いたようだった。

「私では話していただけないということであれば、警察が代わりにやって来ることになります」

「君、脅迫しに来たのかね……」

学長の威厳の甲羅が一気に壊れた。私は更に攻撃を続けた。

「そういうおっしゃり方は心外ですな。しかし、これだけは申しておきましょう。私は警察と協力してこの問題に当たっております。お疑いでしたら、県警の高森警部に電話してみてください」

「いや、そこまでは……」

学長はすっかり狼狽《ろうばい》していた。もう、話してもらえるだろう。

「東畑辰夫さんは、こちらで助手をしておられましたね？」

学長は渋々頷いた。

「ええ、もう二十年ほど前の話ですが、辞めてからすぐに死にました」

「お辞めになった理由は？」

私が尋ねると、学長は忘れていた屈辱を思い出したように、拳を握りしめて言った。

「彼が実に破廉恥な行為に及んだからだ。あんな奴をここに置いておくわけにはいかなかった」

「それは、どういうことです？　解雇したのですか？」

「表向きは依願退職だ。しかし、辞めてもらったも同然だった」

「一体、何があったのです？」

学長は昂《たかぶ》った神経を抑えるためか、机の上の掌を開いたり閉じたりしていた。皺の寄った手の甲を見つめながら、彼は言った。

「彼は妻がありながら、他の女と深い関係になり、その女に子供を生ませた」

私は思わず声をあげそうになった。春子の他に東畑の子供がいると言うのか……。

しかし、学長の話は私の想像を越えていた。

「彼の妻は子供のできない体だった。だから妻は東畑を許し、愛人の子供を自分たちの子供として籍に入れた。しかし、あの子はもともと体が弱くて、子供の養育でさえ重労働だった。そしてあの子は、風邪から肺炎を併発して、あっけなくこの世を去ってしまった……」

「なんですって、それじゃあ……」

あの春子は、もしや……。

「東畑はあの子が死ぬと、すぐに愛人と結婚した。まだ関係が切れていなかったんだ。その上相手の裕福な資産を当てにして、さっさとここを辞めてしまった。まったく鬼畜生にも劣る男だった。だが、天は悪を見逃さなかった。彼はすぐに癌で死んでしまったんだ」

「お話を整理させていただきたいのですが」

私は混乱した頭を落ちつかせようと努力しながら、言った。

「その東畑さんの愛人というのは、当時ここで講師をしていた尼子信子さん。そしてふたりの間に生まれた子供の名前は、春子さんですよね」

「そのとおりだ」

意外な事実であった。春子は、信子の実子であったのだ。

信子は東畑がまだ他の女性と結婚している間に不倫の関係となり、春子を出産した。そして春子は東畑とその妻の子として籍に入れられた、ということなのだ。

「かわいそうなのは、あの子ひとりだ……」

学長は俯いたまま首を振り続けた。

「あの子と言いますと、東畑さんの奥さんは、もしや……」

「あの子は、令子《れいこ》は私の娘だった」

そう言って顔を上げた時、学長の萎《しほ》んだような眼が潤《うる》んでいた。

「そうだったのですか……」

私には言うべき言葉が見つからなかった。先程まで東畑のことを話すのを拒み続けていたのは、自分の娘の哀しい過去を思い出したくなかったからなのだ。

「東畑は、私が見込んで娘と結婚させた相手だ。それだけに、なおのこと悔やんでも悔やみきれんのですよ。あんな奴だと気づかなかった自分の迂闊さが恨めしいんです」

「辛いことを思い出させてしまったようで、申し訳ありません」

私は頭を下げた。

「いや、いいんです。私も今まで忘れようとして決して忘れてはいないことでした。この二十年間、誰にも自分の気持ちを話せずに、ひとりで悶々《もんもん》としていたのです。あなたに話したおかげで、少しは胸のしこりが小さくなったような気がする」

「そう言っていただければ、救われます」

学長はやっと笑みを浮かべた。

「ところで、先程は警察が関与するような事件と言われたが、もし差し支えなければ教えていただけませんかな?」

「はい、これはもう新聞にも載っていることですから、もう御存知でしょうが……」

と私は月光亭での信子殺害事件について話した。学長はその話を聞いて、本当に驚いているようだった。

「そんなことがあったのですか……」

「御存知なかったので?」

「私は世事には疎《うと》いのです。しかし、そうですか……」

感慨無量、といったところであろうか、学長は眼を閉じて、暫《しば》し黙禱しているかのようだった。

私は再び質問をすることにした。

「東畑さんと信子さんにはそれ以後はお会いになっていませんか?」

「東畑の方は一年ほどして死にましたのでね、会っておらんです。私は葬式にも行きませんでした。信子さんはもともと私とは接触のない人間でしたので、それ以後もつきあいはまったくありません。ただ……」

「ただ?」

学長はそう言って、何かを思い出そうとしていた。

「あれは……、そう、東畑が死んで半年くらいしてからだったと思いますが、彼女を見かけたことがありますよ」

「ほう、どこで、ですか？」

「あれは、九州の温泉に旅行に行った時でしたな。こんな所で会うとは、と私も驚いた記憶があります。もっとも向こうは私に気づかなかったようですが。相手もいたことですしね」

学長の顔に一瞬、貶《さげす》むような笑みが浮かんだ。

「相手、といいますと？」

「男でしたよ。同じ柄の浴衣を着て散歩していましたから、一緒に泊まっていたんでしょうな。わざわざこんな所まで浮気に来るとは、と私は呆れましたよ」

「浮気、と言われましたが、もう東畑さんは亡くなっているのですから、浮気とは言えないのではないですか？」

「彼女の方はね。しかし相手の男性は……」

「御存知なのですか？　相手を」

学長は言うべきかどうか、躊躇していた。

「教えていただけませんか？　秘密は守りますし、事件に関係なければ、絶対に公《おおやけ》にはいたしません」

私はそう懇願した。学長はなおも逡巡しているようだったが、やがて意を決したように、

「野上さん、これは中傷ではありません。それだけはわきまえていただきたい」

「理解しております」

「なにせ、相手が名士ですのでね。一緒にいたのは、間違いなく加島楽器の社長でした」

「加島楽器というと……」

「国産ピアノの三割を造っている大手ですよ。私はパーティなどで何度か会ったことがあります。たしか息子さんが双子で、どちらも音楽家の道を目指していたと記憶していますがね」

私は英知女子大を辞してから、すぐに加島楽器の本社に向かった。俊介たちを待たせることになるかもしれなかったが、せっかくつかんだ手がかりをこのまま放っておけなかったのである。

途中の車の中で、私はますます錯綜してしまった事件の糸を必死にほぐそうとした。信号が変わったのも気づかずに、後ろの車に警笛を鳴らされることも何度かあったほどだ。それほど、私は混乱していた。

春子は、東畑辰夫と信子の実子であった。

信子は加島兄弟の父親と交際があった。

このふたつの事実が、今回の事件にどう係わってくるのか、私にはまだ向こう側が見えない状態だった。

加島楽器の本社は、街の中心でも一際高い建物であった。

いきなり面会を求めても会ってはもらえないかもしれない。しかし私には思案するゆとりがなかった。受付の案内嬢にも、どうやって話をしていいのか思いつかず、月光亭の事件を調べている者だが、息子さんたちのことで話をしたい、と出鱈目《でたらめ》のことを言った。それがかえって効果をもたらしたようで、十分もしない間に、私は社長室に通されたのだった。

加島社長はもう六十近い年齢であるはずなのに、驚くほど若かった。髪がまだつやつやと黒いせいかもしれないが、傍目《はため》には四十を少しすぎたくらい、としか見えなかった。

「ようこそ、野上さん、でしたな？」

社長は私の方まで歩いてきて、手を差し出した。私が握手をすると、ぎょっとするほど強い力で握り返してきた。彼はソファを勧めると、卓上ライターで外国産葉巻に火をつけた。

「それで、月光亭の事件を捜査なさっているそうですね？」

「はい、ちょっとした因縁がありまして、警察と協力して捜査しております」

「あれは、恐ろしい事件でしたな」

社長はごく常識的な感想を言いながら、私の方をじっと窺っていた。その瞳の中に猜疑心《さいぎしん》が見え隠れしていた。息子たちと同じく整った顔立ちだったが、こうして接近して見ると、顔に浮いた皺やしみなど、老いの兆候がはっきり出ている。彼が若く見えるのは、精力的な態度のせいなのだろう。体の動きが停まってしまうと、いっきに老け込んでしまうようだ。

「しかし、私の息子たちがどういう関係があるんでしょうかな？　たしかに豊川家の方とは私も親しくしていますし、夏子さんが息子たちと同じ学校に行っていて仲がいいのも知っております。しかしそれだけのことです。あの日も、事件の前にはふたりとも帰ったんですから、事件には無関係だと思いますがね」

「たしかに、息子さん方がどうこうというわけではないのです」

康と夏子のことは、今頃警察が調べているだろう。ここで下手に口を出して警察が捜査を完了させる前に警戒させてしまうのは得策とは思えなかった。だから、加島兄弟のことを話すつもりはなかった。

「では、どういう用件ですかな?」

社長の警戒心が強くなったようだ。眼を細め、少し前屈みの姿勢になっている。

私はずばりと言うことにした。

「実は、ここに伺ったのは、あなたと信子さんのことについて伺いたかったからです」

私の言葉を聞いてからも、社長の態度には変化が見られなかった。ゆっくりと葉巻をふかし、次の列車が来るのを待っている客のように、座り込んでいた。その間の置き方が、いかにも意識的すぎて、かえって私は疑惑を深めたのだった。

「何をおっしゃりたいのですかな?」

葉巻の煙で眼をますます細めながら、社長は言った。

「信子さんとあなたのかつての関係について、お伺いしたいわけです」

私が言うと、社長はまた一拍の沈黙を置いてから、

「よくわからないですな。私と信子さん? 関係なんて、あるわけないじゃありませんか。変な冗談はよしていただきたいですな」

「冗談ではありませんよ。別におふたりで九州の温泉へお出かけになった時のことなどを、詳

しくお伺いしたいわけではありませんがね」

社長のくわえた葉巻から、灰がぽとり、と落ちた。

「いくら、欲しいのかね？」

社長は態度を急変させた。今までの有能な企業人という風貌が一変して、狡猾《こうかつ》な実業家としての一面が剝き出されてきた。

「誤解はしないでいただきたいですな」

私は自分が強請屋《ゆすりや》と間違えられたことでいささか気分を害した。

「私は醜聞だから問題にしているわけではありません。金銭目的と思われるのは、もっと不愉快です。私が知りたいのは、信子さんとあなたがおつきあいしている間に何があったのか、ということだけです」

「そんなことを、なぜ君に言わなきゃならんのかね！」

精一杯凄味を効かせた声で怒鳴ったつもりなのだろう。しかし高森警部の恫喝《どうかつ》に慣れている私にとっては、子猫の唸り声にも等しいのであった。

私は英知女子大学長に使ったのと同じく、権力の鎧をちらつかせることにした。

「私は警察に協力して捜査をしております。だからここで私に協力していただけなかった場合は、直接警察の者がここに来て同じ質問をすることになるでしょう。どちらがよろしいですかな？　もちろん、私は個人的秘密は厳守しますし、今回の事件に関わりのない領域まで踏み込むようなことはしません」、社長は私の眼が見られないようだった。視線を壁や窓に這わせている。

「あなたと信子さんは、いつからつきあっていらしたのですか？」

社長は葉巻を乱暴に灰皿に押しつけ、席を立とうとした。

「加島さん」

私が声をかけると、びくっと体を震わせ、ソファに座り直した。

「いかがですかな？」

更に追及すると、彼は観念したように溜め息をついて、話してくれた。

「二十年前、いや十九年か、とにかく彼女の旦那が死んだ後だ」

「十九年前ですか。東畑辰夫さんが亡くなってすぐですね」

「そうだ……。お互いに寂しい時だった」

社長は弁解するように言った。

「当時、あなたは？」

「結婚していたよ、当然。息子たちが生まれて間もなくだった」

「それではとても寂しいような時期ではないと思われますが？」

「女房は、ふたりの息子にかかりっきりだった。いきなり双子の母親になったんだからな。こういうと幼稚かもしれんが、私は息子たちに女房を取られたような気がした。私も仕事が忙しくて、家庭を顧《かえり》みる余裕がなかったせいかもしれんが、家が妙によそよそしく感じられるようになったんだ。本来なら子供に愛情を注ぐべき時だったのかもしれん。しかし、私はどうしても子供が好きになれなかった。家に帰って泣き声を聞くと苛々した。おかげでほとんど家に寄りつかなくなった時がある。そんな時に信子と知り合ったんだ」

加島社長は新しい葉巻を取り出し、過去を噛みしめるように口にくわえた。

「彼女もふたりの子供を抱えていた。しかし養育は使用人たちに任せて、自分は悠々自適の暮らしをしていた。その姿が、私にはとても新鮮に見えた。子供があっても自由闊達《かったつ》に生きている彼女が羨ましかった。それで彼女に近づいていろいろ話をするようになった。彼女と私は意見も趣味も合っているように思えた。一生のうちであの時ほど、誰かと時間を共有していると実感できたことはなかったように思う。ふたりで旅行にも行った。君が言うとおり、九州にも行ったよ。あれは楽しい旅だった……」

加島社長は溜め息と共に葉巻の煙を吐いた。

「その関係は、いつまで続いたのですか?」

私は敢えて不躾《ぶしつけ》な質問をした。社長は夢から醒めたように私を見つめ直し、言った。

「一年、保《も》たなかったよ……」

「それはまた、なぜ?」

社長は一瞬ためらい、そして言った。

「信子が妊娠したんだ」

私は驚きの声を呑みこんだ。

「彼女は産みたいと言った。私は反対した。だから別れるしかなかった……」

「彼女はなぜ産みたがったのでしょうね？」

「単に中絶が怖かったんだよ。子供に愛着があるわけではなかった。もし子供が愛しいなら、ふたりの子供を使用人に預けっぱなしにするわけがない」

社長の言葉には皮肉が込められていた。

「信子はその子供を産んだんでしょうか？」

「わからん」

と社長は首を振った。

「最後の喧嘩をした後、信子は暫く姿を消した。戻ってきたのは数ヵ月後のことだ。中絶したのか出産したのか、私も尋ねなかったし、彼女も言わなかった……。この話、誰にもしないでくれるだろうね？」

「すくなくとも、あなたのご家族に漏れるようなことは絶対にありません。それは約束します」

私が言うと、社長は頬を歪めて、

「家族か……」

と苦笑した。

「あの頃はあんなに嫌っていた家族が、今では心の支えになっている。皮肉なものだな」

私は社長の述懐に感想を言うつもりはなかった。

そのまま、私は加島楽器を辞去した。

第十七章　天福翁手鞠唄考

「本当ですか？」

私の話を聞いた俊介とアキが眼を丸くした。

場所は再び喫茶「紅梅」である。私より先に戻ってきていたふたりが、先に私の話を聞きたがったのだ。

「どうやら本当らしいよ」

私は珈琲を飲みながら言った。

「春子、夏子、冬子の三人は、全員信子の実の娘だ。それだけではない、信子にはもうひとり子供がいる可能性がある」

「それじゃ、その子が……」

俊介が茫然としながら、言った。

「その子が、秋子なんだ……」

「なんだって？」

聞いたことのない名前に、私は思わず問い返した。

「だから、夏子さんと冬子さんの間の子供ですよ。その子はきっと、秋に生まれたんだ」

「あ、そうか！」

アキが素っ頓狂な声をあげた。

「先に秋子って子を産んでいるから、十月生まれなのに冬子って名前にしてしまったわけね」

「そうだと思います」

俊介は頷いた。

「ううむ……」

私は腕組をして唸った。俊介が今まで気にしていたことには、やはりそれなりの真実が隠されていたのだ。しかし……。

「しかし、その秋子が存在したとして、一体どこにいるのやら、さっぱりわからないな」

「二十年前に信子さんの所で働いていた人がどこかにいないかしら。その人に訊けば、何かわかると思うけど」

アキが提案した。

「悪い考えじゃないが……」

と私は言い淀んだ。

「何？　問題あるかしら？」

「そんな昔に働いていた人間のことが、わかるかどうか疑問だね。信子はもう死んでしまったんだし……」

「尼子家の血筋が全部絶えたわけじゃないでしょ。昔のことを知っている人がきっといるわよ。そういう時こそ、警察の力を借りたらいいじゃない?」

「それはそうだが……」

「何か、まだ気になるんですか?」

さすがに鋭敏な俊介は勘づいたようだ。

「ああ、問題はだね、信子の隠し子と今回の事件に関係があるかどうか、なんだよ。たとえその秋子という子供がいたとしても、信子とまったく関係なく生きていたとしたら、事件との関連はない。そうした場合、余計な秘密まで暴いてしまう結果になる。もし秋子という子が幸せに暮らしていたとしたら……」

「それは、違うと思います」

俊介が強い口調で言った。

「どんなことがあっても、お父さんお母さんが誰なのか、本当のことを知っている方がいいと思います。そうでないと、かわいそうだ……」

「そうよそうよ」

とアキも俊介の意見に賛同した。

「ここで悩んでいたって、埒《らち》があかないじゃない。とりあえず警察に言って、調べてもらいましょうよ。それで関係がなかったら、それ以上首を突っ込まないようにしてもいいんだし」

「そうだな……」

私は決心した。

「やはり高森警部に報告しよう。そして秋子が本当にいるかどうか調べてもらおう」

俊介とアキがほっとした表情を浮かべた。

「ところで、次は君たちの番だよ。手鞠唄はわかったかな？」

「わかったわかった。それがすごいのよ！」

アキが急にはしゃぎはじめた。どうやら収穫があったようだ。私に最初に話をさせたのも、成果を勿体ぶって発表しようという企みがあったからだろう。

「お祖母ちゃんったら、昔のこととなるととても記憶がいいの。あたしのことをしょっちゅうお母さんと間違えるくせにねえ」

「それで、歌詞は？」

私は先を促した。しかしアキは意地悪そうな笑みを浮かべて答えた。

「まあまあ、あまり焦らないでよ。だけど、警部さんが残りの歌詞を知らなかったのも当たり前なのかもしれないわ。だって、歌っていたのはお祖母ちゃんとその友達だけだって言うんだもの」

「ほう、それはまた、どうして？」

「お祖母ちゃんの友達か誰かが歌詞を作ったらしいのよ。それで友達の間だけで歌ってたんで

「それは幸運だった。アキがこの店に勤めていたことは、ひょっとして天の配剤かもしれないな」

「でしょ？」

　とアキは得意げであった。

「で、どういう歌詞なんだね？　あまり焦らさないで教えてくれないか？」

　私が言うと、アキは立ち上がって、

「ちょっと、待ってて」

　と、店の奥に姿を消した。

　何が始まるのか、と気を揉んでいると、やがて彼女は手鞠を持って戻ってきた。

「なんだ、実演するつもりか？」

「そう。お祖母ちゃん直伝の腕をみせてあげる」

　アキはそう言って手鞠をつきながら歌い出した。

　異人館の天福翁　札に火をつけ煙草を吸うて
　舟をかつがせ　お山にお花見
　お屋敷ひと呑みしてござる

異人館の天福翁　金に飽かせた月光亭で
姿隠して　将軍おどかし
狐狸《こり》と言われて　首とんだ

「首とんだ」という所で、アキは器用に手鞠を掬《すく》って手の中に収めた。

「どう？」

と得意満面で見栄を切ってみせた。

だが、私は言葉が出なかった。

「わかりました？　野上さん」

俊介が言った。

「昔、天福翁もあの月光亭で姿を隠してみせたんです」

「やはり、そういう意味なのかね、あの歌詞は？」

「そうです」

「しかし、『姿隠して』という歌詞はともかく、『将軍おどかし』以降の歌詞は意味不明だね」

「それについては訊いてきました」

俊介は落ちついた口調で言った。

「その頃、天福翁、つまり豊川寛左衛門は、陸軍の軍医でもありました。ある時、何とかいう名前の陸軍大将がこの町に来た時、豊川家に泊まったそうです。そこで天福翁は余興として月光亭に入った後で外から鍵をかけ、誰も出られないようにしておいて、そこから消えてみせたと言うんです」

「おい、それは……」

私が思わず口を挟むと、俊介は頷いた。

「そうです。導師の事件とまったく同じです。だけどそれだけじゃなくて、姿を消した天福翁は、驚いている大将を更に驚かすような悪戯をしたんです」

「何かね、それは?」

すると、今度はアキが話を続けた。

「それはねえ、月光亭に行って天福翁が姿を消したことを確認した大将が屋敷に戻った後、突然姿を見せて脅かしたのよ」

「ほう」

「それも大将がひとりっきりでいる時に、誰もいないはずの部屋に突然現われたらしいの。びっくりした大将はその場で腰を抜かしたらしいわ。でも、いくらなんでもやりすぎだったのよね。その一件で大将はかんかんに怒っちゃって、狐や狸みたいな真似をしたと言って、天福翁を馘《くび》にしちゃったんだって。天下の陸軍大将が腰抜かすところを見られたんだもの、そりゃ怒るわよね。それがけちのつきはじめで、それから天福翁も贅沢が祟《たた》ってどんどん資産をなくして、とうとう没落しちゃったと、こういうわけ。なんだかとっても為になる話よね」

「ううむ……」

私は唸ることしかできなかった。

「更に面白いことにね、天福翁が悪戯をしたのは、その一回きりじゃないんだって」

「では、天福翁は何度も姿を消してみせたのかね？」

「ええ、それも決まって月光亭で消えて、本宅に姿を現わしたみたい。お祖母ちゃんのお父さんもひっかけられたんだって」

「それでは結構有名な話なんだな」

「でも、天福翁が大将を怒らせてからはさすがにしなくなって、誰かが月光亭のことを口に出すのも嫌がったらしいの。よほど大将に怒られたのが堪えたのね。だから最近ではその話を知っている人がほとんどいないわけよ」

「なるほどねえ……」

私は考え込んだ。すると俊介が言った。

「もう、間違いはないと思います。月光亭には何か仕掛けがあるんです」

「そう考えるべきだな。しかし警察があれほど捜査したのにその仕掛けが見つからなかったとすると、よほど巧妙に作られているのか、それとも既にその仕掛けは取り払われているのか……」

「警察の人は、月光亭の中しか調べていません。だけど本当は、外に仕掛けがあるんだと思います」

俊介の言葉は自信に満ちていた。

「それはないと思うがね。なぜなら、導師が消えた時、月光亭には外から錠がかけられていたんだ。外に仕掛けがあったとしても、一度外に出ないことには、無理だろう」

「それはわからないわよ。共犯者ってものを考えれば」

とアキが言った。

「共犯者は、いたと思います」

俊介の言葉は、アキの応援で更に活気づいた。

「僕はだいたい想像がついているけど、確実なことを言うために、やっぱりもう一度月光亭を調べないといけないですね」

「そうだな……」

私は時計を見た。午後四時すぎである。まだそれほど遅い時間ではない。

「だが、あの豊川寛治がすんなりと私たちを入れてくれるかどうか疑問ではあるな。ここはひとつ、高森警部と連携するかな」

と言った時である。いきなり「紅梅」の電話が鳴り出した。アキが受話器を取ると、またまた不思議そうな表情で私に言った。

「噂をすれば、だわ。警部さんからよ」

私は笑いながら受話器を受け取った。

「もしもし警部、いやあ、今ちょうど警部のことを話していたところなんだよ。実はね――」

私が言おうとするのを、警部の大声が遮った。

――野上さん、話は後だ。すぐ来てくれ！

「すぐって、警察にかね？」

――豊川邸です。またひとり死にました。

一瞬、息が詰まるような思いがした。

「それは、本当かね？　一体誰が？」

警部の大声が漏れ聞こえているのだろう、俊介もアキも深刻な表情で私を見ていた。

警部の声は、地の底から湧き上がってくる溶岩のように、私の耳を撃った。

――滝田です。執事の滝田が死んだんです！

第十八章　月光亭の秘密

夕暮れが東の空から迫ってきていた。私の眼の前にそびえ立つ豊川邸は、落日の茜色《あかねいろ》を窓に映して沈鬱な雰囲気の中に包まれていた。

玄関には見張りの警官が立っており、私と俊介の顔を見ると軽く敬礼した。その顔にも暗い表情が宿っているように見えたのは、私の気のせいであろうか。

屋敷の中に入ろうとすると、奥から飛び出してきた武井刑事と鉢合わせしそうになった。

「あ、野上さん。警部が待ってます」

武井刑事はそう言うと、私が何も言う間もなく外に走り出して行った。

警部は廊下で立ち竦んでいた。

「ああ、来てくれましたか……」

警部の顔には、拭いようもない疲れの色が見えていた。

「滝田は、どこに？」

私が尋ねると、警部は片手を上げて奥を指した。

「音楽室です。また、あそこですよ」

「やっぱり……」

俊介が呟いた。

「警部さん、ひょっとして音楽室は、また密室だったんじゃないですか？」

俊介の問いに、警部の眼つきが鋭くなった。

「なぜ、わかったんだね？」

「警部さんがそんなにがっかりしてるのは、同じ様な事件が起きたからでしょ？　だけど、もう月光亭では事件は起きないはずだから、残るのは音楽室だけだと思って」

「どういう意味だね？　月光亭ではもう事件は起きないというのは？」

私は尋ねた。俊介はそれには答えずに廊下を歩き出した。

俊介を先頭にする形で、私たちは音楽室に入った。

滝田は部屋の中央に倒れていた。以前にこの部屋に入った時には整然と並んでいた椅子が、引っ掻き回されたように乱れ倒れている。争った痕のようだ。その中心で彼は、体を折り曲げるようにして死んでいた。角田監察医が死体の首筋を露《あらわ》にすると、索痕が残っていた。

「明らかに絞殺だね」

監察医は言った。

「誰が見つけたのですか？」

私の問いには警部が答えた。

「冬子ですよ。三十分ほど前にこの部屋で争うような音が聞こえたんで、怖くなって警察に電話したそうです。それで我々がやって来て扉をこじ開けたら、こういうことになっていたわけです」

「警察が来るまで扉を開けなかったのかね？　鍵は？」

「滝田の死体から発見されました。他に合鍵はないそうでね」

「鍵は夏子さんも持っていたんじゃなかったのかな？」

「あれは滝田が管理していた鍵を一時期持っていただけなんだそうで。だからこの部屋の鍵はこれひとつきりです。ついでに言うとね、鍵だけじゃなくて内側から閂《かんぬき》まで掛けられてましたよ。念の入ったことに」

警部は腹立たしそうに言った。

「まったく、なんて家なんだ！」

私は憤懣やるかたない警部に内心同意しながら、部屋の中を捜査している池田刑事に尋ねた。

「窓は閉まっていたんだろうね？」

「それは間違いないです。この前と同じで、ちゃんと施錠されてました」

「家のひとは？」

「春子は大学です。夏子は我々が来た後、病院から戻ってきました。ここにいたのは冬子だけみたいですね」

「豊川さんは?」

「それなんですよ……」

警部がいまいましそうに言った。

「どこにいるのかわからないんだそうで」

「わからないと言うのは?」

「とんずらしちまったらしい……」

「まさか、では……」

「そのまさか、です。豊川寛治が事件の鍵を握っているのは間違いない。実は滝田のことが通報される少し前に、加島康の所へ聞き込みに行っていた武井が戻ってきたんですがね」

「ああ、隆が告発した件だね。何か収穫があったのかな?」

「ええ、最初は渋っていたようですが、最後には認めましたよ。康は夏子の部屋にいたそうです」

「ふむ……」

俊介の前ではあまり話したくない話題ではあったが、そんなことを言っている余裕はなかった。

「それで?」

「まあ、彼らが黙っていたのは個人的秘密にすぎなかったんで、その点では肩すかしを食らった感じなんですが、その後で康から気になる話を聴き出せたんですよ」

「なんだね、それは？」

別に警部も勿体ぶっているわけではないのだろうが、ことがことだけに、どうしても気が急いてしまう。

「先に康が部屋を出たそうなんですが、その時に寛治の部屋の前を通りかかったら、部屋の中で話し声がした。それも寛治と導師の声だったと言うんですよ」

「なんだって？」

犬猿の仲である豊川氏と導師が、豊川氏の部屋で密談していたというのか……。

「それで、何を話していたんだね？　康は聞いたのか？」

私は焦る気持ちを抑えて訊いた。

「その時はあまり気にも留めていなかったので、注意して聞かなかったそうですが、なんでも、計画がどうとか言っていたそうです」

「計画？」

豊川氏と導師が計画について話していた。これが意味するものは……。

「もしかして、警部、それは――」

私が次の言葉を言う前に、俊介が動いた。彼はジャンヌを抱いたまま、部屋の隅にある暖炉の前に立った。

「まだ、逃げてないと思いますよ……」

私は俊介のただならない様子が気になって暖炉の方に近づいた。警部と池田刑事もやって来た。

　俊介は暫く暖炉を睨みつけていたが、やがてジャンヌを床に下ろした。

「ジャンヌ！」

　その一声と共にジャンヌが暖炉に突進した。

　そして、姿を消した。

　私も警部も、声をなくしてジャンヌの消えた暖炉を見つめていた。

「やっぱり、ここしかなかったんだ。どうしてすぐに気がつかなかったんだろ……」

　俊介は悔しそうに呟くと、身をかがめて暖炉の中に手を伸ばした。

　その暖炉はさして大きな物ではない。薪《まき》を置く空間があるだけで、その奥には赤煉瓦の壁があるばかりだった。俊介はその壁の両脇に手をかけた。するとただの煉瓦壁だと思っていたのが実は衝立《ついたて》のようになっていて、裏側に手を入れられるようになっていた。

「この煉瓦の裏に仕掛けがあるはずです……」

　俊介は煉瓦の衝立の裏に肘《ひじ》のあたりまで腕を差し入れた。

「あった、これだ！」

　という叫び声と共に、煉瓦がズッ、と動いた。

「危ない！」

　私はとっさに俊介の腕を引っ張った。と同時に煉瓦の衝立が右に動いた。危うく俊介の腕を挟み込んでしまうところであった。

「あ、野上さん、ありがとう……」

「いや、礼を言うのはこちらだよ。よく見つけてくれたね」

今や私たちの前には大人ひとりが充分通り抜けられるだけの穴が、真っ黒な口を開けていた。

「ジャンヌ、おいで」

俊介が声をかけると、暗闇の中からジャンヌが出てきた。俊介は愛猫《あいびょう》を抱えると、私たちに言った。

「さあ、行きましょう」

高森警部、池田刑事、私と俊介、そしてジャンヌが中に入ることになった。警部は子供を連れて行くのにいささかの躊躇があったようだが、俊介の手柄である以上、同行させないわけにはいかなかったのである。

全員が懐中電灯を持った。警部を先頭にして俊介、ジャンヌと私を中に、そして池田刑事がしんがりになって穴の中に入って行った。

身をかがめて進まなければならないのは、ほんの少しだけで、すぐに三畳ほどの部屋に出た。懐中電灯で照らして見ると、壁も天井も煉瓦で覆われた黴《かび》臭い部屋であった。

ひとが潜んでいられる空間はない。

「あ、警部、床に扉がありますよ」

池田刑事の言葉に全員の持っている懐中電灯が床下に集中した。

警部が扉の把手らしき鉄棒に手をかけ、引き上げた。やはり煉瓦で作られた正方形の縦穴が口を開けていた。穴の壁には鉄梯子《てつばしご》が取り付けられている。

「まるで冒険小説のようだな……」

私が呟くと、俊介が感きわまったようにいった。

「これが全部、天福翁の遊びだったんですよね……」

「なんだね、天福翁の遊びってのは?」

警部が訊いた。私は俊介とアキが突きとめてきた天福翁手鞠唄の二番目の歌詞について話て聞かせた。

「あの月光亭は悪戯好きな天福翁が、みんなを脅かすために作った建物なんだよ」

私が言うと、警部は呆れたように言った。

「とんでもない大馬鹿だな、天福翁って爺さんは……。たったそれだけのために金かけてあんなへんてこな家を作ったたっていうわけか……」

「手鞠唄に歌われた奇行からすると、それくらいやりかねない人物であったようだね」

俊介が穴の奥を覗き込みながら、

「僕はアキさんのお祖母さんからこの話を聞いた時、大将が脅かされた部屋というのは、あの音楽室なんじゃないか、とすぐに思いました。そうすると導師の貼り紙が突然現われたのも説明がつくからです」

「するとこれは、月光亭からの抜け道なのか……」

暗闇の中なので見えないが、恐らく警部の顔には感嘆の表情が浮かんでいるだろう。

「そうです。ここからかつて天福翁が、そして今度は導師が月光亭から抜けてきたんです」

「でも、どうやって月光亭からこの抜け道に入るんでしょうね?」

池田刑事の声は、まだ不審そうだった。

「月光亭はかなり詳しく調べましたよ。床なんかに抜け穴があったらわかったはずなのになあ……」

「そりゃあ、おまえたちの探し方が悪かったんだよ。現にこの音楽室の抜け道だって、見つけられなかったじゃないか」

「いやあ、そう言われると返す言葉がないなあ……」

警部の叱責に、池田刑事は相変わらずの悠長さで答えていた。

「いえ、警部さん。月光亭については刑事さんたちの捜査に間違いはなかったと思います」

俊介が言った。

「それは、どういうことかな?」

「あの月光亭には抜け道なんて、ないと思います」

「しかし、それではどうやって?」

「その答えは、この穴の中にあります。確かめてみるまではっきり言えませんけど」

俊介の懐中電灯は穴の奥を照らし出した。

「きっと、この奥にもうひとつの月光亭があるはずです」

「なんだって?」

この場にいる三人の大人たちは、ひとりの少年の言葉に一斉に驚きの声をあげた。

「とにかく、行きましょう」

そう言うと俊介は先に縦穴を降り始めた。

「おい、待て。早まっちゃ危ないぞ!」

警部が慌てて俊介の後に続いた。池田刑事も私も縦穴を降りた。

縦穴は五メートルほどの深さで、底に降り立つと今度は二メートルほどの高さの横穴が繋がっていた。湿っぽく黴臭い空気が、暗闇の中に満ちていた。

「見てください」

俊介がそう言って足元を照らした。埃《ほこり》の積もった煉瓦の床に、幾筋もの新しい足跡が残っている。

「僕が一番最初に気になったのは、月光亭の椅子でした」

足跡を辿るように歩きながら、俊介は言った。

「月光亭の椅子、というとあの硝子張の部屋にあったふたつの椅子かね?」

警部が尋ねる。

「そうです。あの椅子は変でした」

「何が?」

「あの椅子、床に打ちつけられていました。普通、椅子にそんなことするわけがないでしょ? 僕はそれが気になっていたんです。それと信子さんの死体が同じく床に磔になっていたことと

「……」

「椅子も死体も、床に固定されていた、ということだな」

「そうです。そして隣の部屋は畳から何から目茶苦茶に乱されてました。どうしてだろうと僕は考えたんです。そして思いつきました。ひょっとしたら畳がひっくり返ったのは、畳が床に固定されていなかったからなんじゃないかって……」

「床に固定されていない物が目茶苦茶になる、ということは……、まさか……」

「そのまさか、です」

俊介は言った。

「月光亭が、動いたんです」

「そんな馬鹿な……」

これは池田刑事の言葉だった。

「いくら小さい家だからって、煉瓦造りの家が簡単に移動できるわけはないでしょ？　それに君達だって月光亭をずっと監視していたわけだしさあ……」

「ずっと監視していたわけじゃないんです。音楽会が行なわれていた時には誰も月光亭を見てはいなかったから」

「でも、導師が月光亭に入って鍵をかけた後は、ずっと食堂で監視していたんでしょ？」

「それもずっと、というわけではないです。あの時、一時ですけど、みんなの眼が離れました」

私は、あっと声をあげた。

「停電があった時……」

「そうです」

懐中電灯で行く先を照らしながら、俊介は言った。

「あの時、真っ暗になって僕たちは大騒ぎしました。あの時だけはみんな月光亭のことなんて忘れました」

「だが、眼を離したと言っても、ほんのわずかだよ。その間に月光亭を移動させるなんて、できるわけがない」

「でも、移動したんです。だってあの時、停電の前まで見えていた蠟燭の明かりが停電の後では消えていました。その間に月光亭はすり替えられたんです」

「すり替えた？　そんな馬鹿な？　いったいもうひとつの月光亭なんて、どこに用意されてたんだ？」

警部は俊介の言葉を信じてはいないようだった。

その時、細い横穴が終わって、急に広い場所に出た。

相変わらず暗闇の中である。しかしその場所の広さは感じとることができた。懐中電灯の明かりもかなり長い光線となって延びていた。

私は頭上を見上げた。真っ暗ではあったが、何か大きな物が覆いかぶさるようになっているような気がした。

「警部さん、あれがもうひとつの月光亭ですよ」

そう言って俊介が頭上を照らした。

「あ……」

誰もが声をなくしていた。一筋の光に照らし出された光景を、この眼で見ながら信じることができなかったからだ。

それは、あきらかに建物だった。半分は煉瓦で作られ、半分は硝子でできていた。その建物が私たちの頭の上で逆様《さかさま》になっていた。

その姿を見て、私もやっと納得ができた。月光亭の畳がひっくり返っていたわけ。椅子が打ちつけられていたわけ。そして信子が磔にされていたわけ……。

「月光亭は、移動したというよりは、裏返されたわけだな」

「そうです。月光亭の下にはまったく同じ作りのもうひとつの月光亭が逆様になって張りついているんです。だから月光亭の建っている地面ごとひっくり返せば、あっという間にすり替えられるんです。月光亭の周囲は、円形に石が敷いてありましたよね。その石畳ごと、ひっくり返るんだと思います」

「とてつもなく、大掛かりな手品だな……」

警部の声は掠《かす》れていた。

「こんな馬鹿馬鹿しい話は、初めてだ」

「天福翁という人は本当に変人だったんだ。たかが人を脅かすためだけにこんな仕掛けを作ったんだから」

「そしてその先祖の仕掛けを今度は自分のために利用したんです。導師と、それから――」

俊介が最後まで言う前に、何者かが闇の隅で動いた。あっと思う間もなく、影が俊介を攫《さら》った。

「お、おまえ！」

警部が懐中電灯を向けた。俊介の小さな首を抱えて血走った眼を光らせた男が、脅えたようにたじろいだ。

豊川寛治だった。

「動くな！　この坊主の首をへし折るぞ！」

彼はすでにあの精力的な実業家ではなかった。追い詰められた犯罪者の必死の形相であった。

「馬鹿な真似はやめろ、豊川！」

警部がそう言って近づこうとした。すると寛治はぐっと腕に力を込めた。俊介がくぐもった悲鳴を洩らした。

「動くなと言ってるだろうが！　死んでもいいのか！」

迂闊に手が出せそうになかった。

「滝田を殺したのは、あなただね？」

私はできるだけ落ちついた声で言った。少しでも時間稼ぎをして、相手の油断を突くしかないと判断したのだ。

「そうだ。あいつは使用人の癖に、俺を脅迫しようとした」

「やっぱり、滝田は知っていたんだな」

私は喋りながらも、豊川寛治の動きをひとつも見逃すまいと必死であった。

「あの日、停電の後で滝田の態度ががらっと変わった。私はおかしいと思っていたんだ。あの時、私は滝田に停電の原因を調べに屋敷の中を見回ってもらった。そして彼はあなたが見られては困るものを見つけてしまった。たぶん、時間通りに停電を起こさせる装置だろう。滝田はあなたがこの手品を仕掛けたと気づいた。そしてあなたを脅迫した……」

「あいつは、いつだって俺を親父と比較しやがった」

寛治の形相には、歪んだ憎悪が表われていた。

「親父は没落者だ。俺は一度潰れた豊川家をここまで復興させた。誰が見たって、俺の方が優れている。なのに、あいつだけは俺を一族の名を汚す人間だと貶《さげす》んでいた。たかが使用人のくせに……」

「彼は伝統ある御典医の家系を何よりも重く見ていたんだろう。あなたのように事業にうつつを抜かす姿勢が我慢ならなかったんだ」

「うるさいっ！」

寛治は怒鳴った。

「光を俺に向けるのはやめろ！　でないとこいつを殺す！」

私たちは懐中電灯の光線を下に向けた。寛治と俊介の靴だけが、丸く照らされた舞台の中に見えていたが、それもすっと消えた。

「滝田は、何を要求したのかね？」

私は静かな口調を心がけながら尋ねた。あまり刺激するべきではなかったが、何も見えない闇の中では相手に喋らせ続けないと位置を捕捉できない。

「あいつは俺を破産させようとしたんだ。すっからかんにして、もう一度医者としてやり直させようとした。その方が俺のためだとか、御託を並べおって……」

「豊川の財政は、ほとんど破綻寸前ですよ」

耳元で高森警部が囁いた。

「滝田が手を出さなくても倒産は時間の問題だったみたいです……」

「ああ、それはこちらの調べでも――」

「何をひそひそ言ってるんだ！」

寛治は闇の中で怒鳴った。俊介の声は聞こえない。恐ろしさに失神しているのだろうか。私は怒りと恐れの入り交じった苦しさを感じていた。

その時、稲妻のようにひとつの考えが私を貫いた。

昨日、「紅梅」で俊介が呟いていた言葉……。

――でも、当たっているかもしれない。犯人が野上さんに挑戦するつもりだってこと……。

そして、豊川寛治の財政が逼迫していると聞いた時に呟いた言葉……。

――そうか……だからか……。

そうだ。俊介は、気づいていたのだ。豊川寛治の計画に。だが、彼はそれを口にすることができなかった。なぜなら。

なぜなら、それは私にとって甚だしい侮辱となるからだ。

「豊川さん、あなたは財政的に非常に困難な状況にあった」

私は言った。

「事業に手を広げすぎて、行き詰まってしまったわけだ。あなたは再び信子さんに資金援助を頼んだ。しかし信子さんはもう実業家としてのあなたを信用してはいなかった。尼子家の財産をこれ以上あなたに食いつぶさせる気はなかった。思い余ったあなたは、導師、つまり詐欺師の木村武史と手を組んだ。そうだね?」

「正確には少し違うな。奴の方から俺に話を持ちかけてきたんだ。奴はこの街でちんけな占師を始めていた。そこそこの弁舌で女たちを騙して、それでも結構な稼ぎはしていたんだが、あいつは欲を出した。新興宗教を作って、それで信者を集めてやろうと考えたんだ。たまたま自分の上得意の中にこの街で手広く仕事をしている人間の女房がいたんで、話を持ちかけてきたんだ。つまり、俺にさ」

「自分で奥さんの資産を自由にできなくとも、新興宗教の信者にしてしまえば、導師を通じていくらでも搾《しぼ》り取れる。あなたはそう考えたわけですな」

私は豊川寛治という男の卑劣さに、言い様のない嫌悪を感じていた。

「そうだ。新興宗教というのは儲かる商売らしい。俺は色々な宗教法人を調べてみて、これだと思った。だから導師と手を組んだ」

そこで警部が口を挟んだ。

「しかし、おまえは導師をまるで信用していなかったじゃないか？　それどころか導師の化けの皮を剝いで追い出そうとまでした」

「そこが彼の演技だったのさ」

私は苦々しい思いで言った。

「単純に彼が導師の新興宗教に手を貸したりしたら、誰だって営利目的だと思うだろう。誰よりも信子さんが信用しなくなる。だからこんな面倒な芝居をしなきゃならなかったんだ。まず導師を贋者だと言って非難する。すると導師が奇跡を見せて、自分が本物であることを誇示する。彼は驚いて回心し、今度は熱烈な擁護者として導師の後ろに立つ。といった筋書きだ。古来、熱烈な伝道者というのは、最初は迫害側にまわっていたのが途中で回心する例が多い。キリスト教に於ける聖パウロのようなものだね」

「しかし、そういう計画だったとしても、野上さんをなぜ雇ったんです？」

「私はね、彼に見下されたんだよ」

それは、俊介がとっくの昔に勘づいていたことだ。私は屈辱に対する怒りを、闇にぶつけてやりたかった。

「奇跡の真実味を増すためには外部からの証人が必要だった。それもある程度一般に信用されている人物がね。しかしあまり鋭敏な人間では仕掛けを見破ってしまう恐れがあった。だからこそ、私に白羽の矢が立ったのさ。名探偵石神法全の助手、名声だけは申し分ない。しかも当人はあまり優秀ではない、という理由でね」

「そのとおりだよ」

寛治は闇の中で笑った。

「石神法全が引退したことは、最初から知っていた。だからこそ、おまえの所に依頼にいったんだ」

私は憤りで顔が火照《ほて》るのを感じていた。

「あなたは私を家に招待し、その場で導師と悶着《もんちゃく》を起こした……」

声のしたあたりに私は話しかけた。

「そして午後から夏子さんに音楽会を開かせた。全員を一ヵ所に集めて、月光亭に眼が届かないようにするためだ。その間にあなたは月光亭をひっくり返した。いくら同じ造りとは言っても長年風雪に晒された家と地下にあった家では外観に変化があるだろうからね。しかし暗闇の中ならそれは気づかれる心配がない。音楽会で皆が集まっている間に下準備をしたわけだ。あの反転装置は、どこで操作するのかは知らないが……」

「俺の部屋に操作盤があるんだ」

自分が優位に立っているのに気をよくしたのか、寛治が自ら喋ってくれた。

「知っているのは俺と死んだ親父だけだ。親父は一家が凋落《ちょうらく》した原因だと言って、絶対触るなと言い残していったが、俺は以前、誰もいない時に操作してみて、まだあの装置が完全に作動することを知った。それで利用したんだよ」

「なるほどね。そして午後十一時になって、導師は月光亭に入った。あなたが南京錠を掛けた。しかしそれは、昼に私たちが見ていた月光亭ではなかったわけだ。私たちは食堂に集まり、月光亭を見張った。あの時、あなたはひとりも食堂から出ないように神経質なまでに注意していた。あれは他の場所から月光亭を見られたくなかったからだ。食堂に集まっているかぎり、停電の時には全員の注意を逸らすことができる。あなたは自動的に停電を起こさせるようにした。たぶん、タイマーを使ったのではないかと思うのだが……」

「そうだ。電気剃刀《かみそり》にタイマーを介して、浴槽の水の中に入れておいた。時間が来たら水中で漏電してブレーカーが落ちるようにな」

「予定通りに停電は起こり、食堂は一時混乱状態に陥った。その間にやはりタイマー作動した月光亭が反転したんだな」

「二分あれば、充分だった。二分で月光亭は反転し、何の痕跡も残さない。月光亭を動かしている間だけ、皆の注意をよそに逸らせばよかったんだ。だから、あんな小細工をした。停電の間、皆が月光亭の方に注意を向けないかと、それだけが心配だったよ。全員を床に伏せさせようとしたんだが、あんたが主導権を握ってしまったんで、内心はらはらしていたんだ」

「私はとんだ間抜けだったようだな。眼と鼻の先でそんな大仕掛けが動いているのに気づかなかったんだから。それはともかく、月光亭が反転した後、導師は窓からこの場所に降りて私たちが歩いてきた道を通り、音楽室に出た。そこで例の貼り紙を置いて、また戻った。ここから別の場所に抜けることができるのですかな?」

「反対側に、庭に出られる横穴があるんだ。そこから逃げ出す手筈になっていた。だが……」

「そこで予期せぬ事態が起きた。恐らくは信子さんがあなたがたの計画を見破ったか、それとも月光亭の秘密を知ってしまった。そこであなたは信子さんを殺した」

「違う!」

寛治の声は怒りで震えていた。

「俺はやっていない。たぶん導師だ。奴が殺したんだ!」

「あなたは信子さんの殺害には関係ない、と言われるのですな?」

「そうだ。信子が殺されているのを見て一番驚いたのは俺なんだ。まさか奴が信子を殺すなんて……」

「導師はどこに行ったんだ?」

警部が尋ねた。闇の中で寛治がたじろぐ気配がした。

「まさか、おまえ……導師まで……?」

「違う! 俺じゃない! 俺は殺していないぞ。奴はどこかに消えてしまったんだ!」

寛治の叫び声が見えない煉瓦の壁に反響した。

「どうせおまえらは信用しないだろうがな。そこを退《と》け! 俺が外に出るまでじっとしてろ」

寛治が何かを引きずるような音をさせて、近づいてきた。俊介は大丈夫なのか。私の心臓が喉元までせりあがってきた。

「退けよ！　そこを退け！」

　寛治はがむしゃらに腕を振り回しているようだった。私たちはじりじりと横にずれた。後ろにいる高森警部と池田刑事の息も荒くなっている。寛治が振り回した腕が、私の鼻先を掠めた。一時、寛治の動きが停まった。

　その時、

「ジャンヌ！」

　俊介の鋭い声がした。気を失っているわけではなく、機会を窺っていたのだ。

　そして次の瞬間、何かが闇の中を飛んだ。

「あっ！」

　と寛治が悲鳴をあげた。闇の中に唸り声が響いた。私はその声を聞いて、背筋に寒気が走った。あれが、いつも居眠りばかりしているあのジャンヌの声なのだろうか。それはまるで、凶暴な肉食獣の声であった。

　誰かの懐中電灯の光が、床を這った。一瞬だけ、その光の中にジャンヌの姿が浮かんだ。それは牙を剝き、眼を鋭く光らせた野獣であった。

「ひっ……！」

　寛治は恐慌状態のようだった。

「こらあ、変なことをすると、この坊主を……ぐぉっ！」

　再び小さな何かが飛んだ。寛治が悲鳴をあげ、足のもつれるような音がした。

「池田！」

すかさず警部の声が飛ぶ。と同時に私の後ろにいたふたりが飛び出した。

だが、警部たちは何かに阻まれて立ち止まった。

「大丈夫かっ、俊介君！」

どうやら寛治は俊介を放り出して楯《たて》にしたようだ。

「僕は大丈夫です。それより、あの人が逃げます！」

寛治はこちらから逃げるのは無理と判断したのか、奥に向かって走り出したようだった。

「向こうの出口か！」

警部と刑事は俊介を私に預けて走り出した。懐中電灯の光が交錯し、やがて消えた。

「怪我はないかね、俊介」

私は俊介を抱き締めた。彼も私にしがみついてきた。

「野上さん……！」

「とにかく、ここを出よう。さあ……」

私は元来た道を戻ろうとした。しかし俊介がそれをとめた。

「最後まで、やりましょう。ね、野上さん」

声は震えていたが、俊介の決意はよくわかった。

「……よし、では行こうか。ジャンヌはいるかな？」

「います。おいで、ジャンヌ」

小さな風が、俊介の肩に乗った。

「見直したな、ジャンヌ。おまえがこんなに強いとはな……」

私はジャンヌのいるあたりに手を伸ばそうとして、やめた。先程の恐ろしい唸り声を思い出したからだ。

私たちは懐中電灯を頼りに進み、反対側の壁に到着した。すでに寛治と警部たちは姿を消しているようだった。

「野上さん、ここです。出口がある!」

俊介に従って横穴に入った。こちらは壁こそ煉瓦造りになっているが、床は土のままだった。それもかなり柔らかい。泥のようだった。

「急ぎましょう」

俊介にはもう脅えの様子はなかった。あらためて狩野俊介という少年の強さに舌を巻きながら、私は小走りに横穴を進んだ。

十メートルも進んだだろうか、入ってきた時と同じような縦穴にぶつかった。私が先になって、鉄梯子を登った。見上げると、星の瞬く空が見えていた。

出た所は、庭の茶室の横だった。穴の横に薄い石が放り出してある。一見は庭石だが実は穴の蓋だったようだ。さすがに天福翁、手の込んだことをする。

しかし、感心してばかりもいられなかった。私は俊介に手を貸して外に引き上げると、辺りを見回した。

「さて、どこに行ったのかな?」

「家の外に逃げたんだ」

俊介は言い、走り出した。私も後について走った。

うねうねとした石畳の道を走り、門に出た。その途端、何かが軋《きし》むような音が聞こえた。

「あっちだ!」

俊介と私は駆け出した。

そこは大通りだった。まだ夜も早いので、車が頻繁に往来している。その道路の端で、一台の車が潰れていた。道路標識に突っ込んで、前面が窪んだ状態で停まっている。その車から男が出てきた。茫然とした様子で、道路の一角を見ている。

「急に、飛び出して来たんだ。避けられなかった……」

誰かに弁明するように、男は呟いていた。

高森警部と池田刑事が、その場に立ち尽くしていた。

「警部……」

私が声をかけると、彼は振り返って首を振った。

「もう少しだったのに。もう少しで捕まえられたのに……」

警部の足元には、顔の半分を血に染めた豊川寛治が倒れていた。もう、息をしていなかった。

俊介がしがみついてきた。私は彼を抱き締めて、死んでしまった男の顔から眼を背けた。

やがて、救急車のサイレンが聞こえてきた。

第十九章　驚くべき真相

豊川寛治の遺体が運び出された後、私たちは豊川邸に戻った。

春子、夏子、冬子の三姉妹、そして寛治の助手をしていた島田昭彦が応接室で待っていた。

「一体、どういうことなの？　何があったの？」

勝気な冬子が高森警部に食ってかかった。

「お父様は大丈夫なの？　お父様に何があったのよ？」

警部は冬子の顔を見ながら、言った。

「今から説明します。ただ、あまり楽しい話ではありませんが……」

警部は冬子に、というよりはそこにいる全員に向かって、話しはじめた。それは暗闇の中で私が推理して話したものと同じであった。冬子はその話を最初は熱心に、そして次第に信じられないとでも言うように首を振りながら、聞いていた。

「そんな、お父様がお母様を……そんなこと、あるわけ、ない……」

「しかし、これは事実です」

警部は沈痛な表情で、しかし断固として言った。

「豊川寛治氏は信子さんを殺し、滝田さんを殺しました。自分の事業を救うため、そして新興宗教という新しい事業に乗り出すための計画が思わぬ結果を招いたのです」

「嘘……」

冬子は後ずさり、全身を痙攣《けいれん》のように震わせていた。

「じゃあ、導師はどこなの？　導師は？」

私は自分の考えを述べることにした。

「恐らく、寛治氏が逃がしたか、さもなければ、口封じのために殺害したものと考えられます」

「まさか……」

冬子は掠れた声で呟き、振り返った。

「お姉様、本当なの？　本当に導師は……」

「なぜ、わたしに訊くの？　わたしには関係ないことよ」

「だって、お姉様と導師は……」

「理解に苦しむわ」

春子はいつもと変わらぬ冷徹な話しぶりで妹に対していた。

「わたしと導師がどうしたと言うの？　馬鹿馬鹿しい」

「そんなことない！　あたし知ってるもの！　導師とお姉様が、一緒に……」

「言いがかりね」

春子はそう言って私たちに背を向けた。

「とにかく、お父様の葬儀の用意をしなければならないわ。これから準備に入ります。では」

そう言って、春子は応接室を出ようとしていた。

「待ってください」

そう言ったのは、俊介だった。

「何かしら、坊や？」

振り返った春子の表情には、冷やかな力が満ちていた。

「僕、今まで気がつきませんでした……」

俊介は春子の視線をしっかり受け止めていた。

「いえ、気づいていたのに、信じられなかったんです。僕にはそんなことができるなんて、とても思えなかった……。でも、春子さんは、やったんですね」

「あなたは、何を言いたいのかしら？　はっきり言ってくださらない？」

春子の態度はあくまで堂々としていた。

「前に冬子さんが警部や野上さんに尋問された時に口を噤《つぐ》んで黙り通そうとしたのは、春子さんと導師が実は仲がよかったんだということなんですね。今、それがわかりました」

俊介は春子の冷静な態度に押されながら、しかし最後の最後で踏んばって、言った。

「春子さんは、信子さんを殺したんです」

次の瞬間、すべての時間が停まったような気がした。私でさえ、俊介が言った言葉の意味を理解できなかった。春子が、信子を殺害？

「待ってくれ、俊介君」

と警部が慌てて言った。

「信子を殺したのは導師じゃないのかね？」

「いいえ、絶対に、導師や豊川さんではありません」

「どうして、そう言い切れるんだ？」

「信子さんの死体が磔にされていたからです。もし導師や豊川さんが殺したのだとしたら、わざわざあんなことはしません。誰より疑われるのは、導師ですから」

「それは……、たしかにそうだな。しかし、だからと言って彼女が犯人だとは断定できないぞ」

「いえ、もうひとつ大事なことがあります」

「何かね？」

「信子さんをどうやって殺したか、ということです。心臓麻痺で死んだと言ってましたよね？」

「ああ、そうだ」

「人間を心臓麻痺で殺すには、どういう方法があるんでしょうか？　僕はそれをずっと考えていました。それをこの前やっと思いついたんです」

「この前というと？」

「信子さんが殺された次の日です。野上さんから僕が寝ている間のことなんか教えてもらって、それから自分で見て聞いたことを思い出して考えている時に、春子さんが言ったことを思い出したんです。春子さんは『大学にほうでんこうがくの講義を受けに行った』と言ってました。僕はその『ほうでんこうがく』というのがわからなくて、辞典を引いたんです。難しいことが沢山書いてあったけど、つまり電気の学問なんですよね。それで『電気』という言葉を見た時に、やっとわかりました。なぜ、信子さんの掌に蠟燭が垂れていて火傷していたかってことの理由が」

「よく、わからないのだがね」

私は正直な感想を言った。俊介は視線を春子に向けたまま、言った。

「信子さんの掌にあった火傷は、生きている時の火傷と死んでからの火傷がありましたよね。みんなは生きている時から掌に蠟燭が乗っていて、それで火傷したんだと考えていたけど、違うんです。生きている時の火傷と死んだ後の火傷は別の物です。もっと言うと、生きている時の火傷を隠すために、死んだ後で蠟燭を垂らして火傷をつけたんだ」

火傷を隠すために火傷させる……。

「なぜそんなことを？」

「その火傷こそが、信子さんを殺したものだからです」

「まさか、あれくらいの火傷で人間は死なないぞ。ましてや心臓麻痺なんて……」

警部の疑問はもっともだと思った。だが俊介は臆《おく》することなく言った。

「あの火傷は熱い物を触ったためにできたんじゃありません。あれは、感電の痕なんですよ」

あ、と私は思った。感電なら、心臓麻痺を起こさせるには充分だろう。

「でも、無理だよ」

と池田刑事が言った。

「僕だって家庭用のコンセントに指を入れて感電したことあるけどさあ、あんなにひどい火傷にはならなかったよ。ましてや心臓麻痺なんて、よほど心臓の悪い人でないと……」

「家庭用の電源をそのまま使っただけじゃ、死なないかもしれない。だからこそ、春子さんなんです。電気の専門家の春子さんなら、電圧を増幅する装置なんて、簡単に作れるんだ」

私は子供の頃の知識を総動員した。

「たしか変圧器を通せば、電圧が増幅できたな……。しかし一体、どこで感電させたんだね？」

「信子さんがひとりになる所。掌にぴたっと当たる金属のある所。つまり、信子さんの部屋の把手です」

「なるほど……」

警部が感心したように頷いた。

「しかし、疑問はまだ残るぞ。どうしてその場に死体を置いておかずにわざわざ月光亭まで運んだのかな？」

「導師と豊川さんに嫌疑をかけるため、ですよね？」

俊介は春子に問いかけるように言った。彼女は何も答えない。ただ冷静な表情で俊介を見つめている。

「演奏会は午後八時半から始まりました。あの時、信子さんが来ないので豊川さんは春子さんに探しに行かせましたよね。でも春子さんは『見当たらない』と言って帰ってきました。あの時すでに信子さんは感電して死んでいたんだと思います。そしてそっと信子さんを月光亭に運んだ……」

「彼女にはそんな力はないですよ」

池田刑事が反論した。それは抗弁しているというよりは、俊介の手並みを確かめているように感じられた。

「春子さんひとりでは、不可能だと思います」

俊介は言った。私は彼に尋ねた。

「では、まさか共犯がいるとでも？」

「います。春子さんひとりではできなかったと思います」

「誰のことを言っているんだね？」

「信子さんのもうひとりの子供。夏子さんと冬子さんの間に生まれた子供です」

「それは、君が言っていた秋子かね？」

「アキコではなかったんです。アキヒコさんでした」

私の眼は、三姉妹の後ろに立っている青年に注がれた。島田昭彦は俯いたまま、何の反応も示さなかった。

「初めからふたりで計画したことだと思います。ふたりは感電死した信子さんを月光亭に運び、床に磔にしました。そして豊川さんが月光亭を裏返してしまい、豊川さん自身が知らないうちに信子さんの死体を隠してしまったんです。野上さんが教えてくれた死斑が体の前側に出ていたのは、月光亭がもう一度裏返されるまで死体が天井に張りついた形になっていたからなんです」

「そういうことだったのか……」

私は考え込んだ。言われてみれば、わかりきったことであったのかもしれない。しかし、なまじ大人の固定観念に縛られているので、俊介のように柔軟な発想ができなかったのだ。

「すると君は、かなり前からふたりの犯行だと思っていたのかね?」

私が尋ねると、俊介は苦しそうに答えた。

「いいえ、たしかに僕は信子さんを殺した方法に気づいた時に春子さんが殺したんじゃないか、と思いました。それから昭彦さんの誕生日を聞いた時に、昭彦さんが実は秋彦、つまり夏子さんの次に生まれた子供なんじゃないか、と思いました。でも、僕はすぐにそんな考えを捨てちゃったんです。そんなこと、絶対にあるわけないと思って……」

「なぜ、そう思ったのかね?」

「だって、だって子供が親を殺すなんて、そんなことするわけないでしょ？」

そう言った俊介の頬に、涙が伝っていた。

「子供が、お母さんを殺すなんて……そんなこと、信じられなかったんだ……でも、でも……」

そこから先は言葉にならなかった。俊介は大声で泣き出した。悔しさと辛さと悲しさにどうすることもできず、ただ無防備に泣いていた。

「ちょっと、待ってよ！」

今まで黙っていた冬子が口を挟んだ。

「一体、どういうことよ？　昭彦さんがあたしたちの兄弟？　そんな話、聞いたことないわ。どうしてそうなるのよ！」

冬子は黙りこくっている昭彦に詰め寄った。

「ねえ、昭彦さん、あんなの嘘でしょ？　昭彦さんが兄弟だなんて……。嘘よね、嘘でしょ？ねえ、何とか言ってよ！」

昭彦の襟をつかみ、冬子は激しく揺すぶった。しかし、昭彦は答えなかった。

「昭彦さん……ほんと、なの？」

やがて昭彦につかみかかっていた冬子の指が離れ、冬子は顔を覆って泣き出した。

「そんなの、そんなの、嫌よっ……！」

泣きじゃくる妹の肩に、春子が手をかけた。

「冬子、あなた昭彦のことを?」

冬子はその手を振り払って部屋を飛び出した。誰も後を追わなかった。

「春子さん……」

警部は妹が飛び出した扉をいつまでも見つめている春子に声をかけた。

「今の俊介君の告発を、認めますかな?」

春子は警部を見、そして俊介を見て言った。

「認めません」

と言った後で、にっこり笑った。

「と、言うつもりでしたけど、負けは明らかですわね。この坊やの言うとおりです。わたしが母を殺害しました」

「春子さん……!」

初めて、昭彦が声をあげた。悲痛な響きだった。

「昭彦はわたしに利用されただけです。ただわたしに言われて、死体を運ぶのを手伝っただけです」

「そのへんの事情は、署でお聴きしましょう」

そう言って、警部は春子の腕をつかんだ。

「ちょっと、待っていただけませんか」

春子は落ちついた表情で言った。

「この子に、俊介君に話しておきたいことがあります」

「僕も、春子さんに、訊きたいことがあります」

何とか涙をとめようとすすりあげながら、俊介は警部の方を見つめて言った。

「……わかった」

警部はそう言って、手を離した。春子は警部がつかんだ腕をさすりながら、

「それで、あなたが訊きたいことって、何？」

「どうして、信子さんを殺したんですか？　僕には、わからないです……」

俊介の問いかけには、必死なものが感じられた。春子はかすかに笑みを見せて、

「わたしが話したかったことも、それなの。どうしてわたしが母を殺したか、知っておいてほしかったの」

春子は昔を思い出そうとするように一時眼を閉じ、そして話し始めた。

「わたしは母とは血の繋がりのない連れ子として育てられたわ。母はいつでもわたしが実の子ではないことを言い聞かせてきたし、わたしより妹たちを大切にしていた。夏子を一流のピアニストにするために、子供の頃から金にあかせて芸大の講師を連れてきては練習させていた。冬子だってそう。わがまま言い放題に育てて、欲しがるものは何でも買ってやってたわ。だけど、わたしは違った。わたしには何も与えてはくれなかった。別にピアノを習いたいとも思わなかったし、贅沢もしたくはなかったけど、それでもわたしがこうあってほしいと願うこと、こうしてほしいと思うこと、それを何ひとつかなえてはくれなかったわ。それもわたしが連れ

子だから、本当の娘ではないから。

だから、わたしは一生懸命勉強したの。自分の能力で生きてゆこうと思って。いつか自分だけの力で母を見返してやろうと思った。工学部に入ったのもそのためだった。技術者として自立したいと思っていたのよ。そうすればいくら母でもわたしのことを認めてくれると思ったの。たとえ血が繋がってなくてもね。

でも、違ってたの。わたしは夏子や冬子と同じく、母の血を受け継いだ子供だった。わたしはそれを偶然知ったわ。その時の衝撃は、忘れられない。母は自分が産んだ子でありながら、わたしを赤の他人として育ててきた。それも自分が不倫をしていたことを隠すためにね。もう、何もかもが憎らしくなった。母も妹も自分も家も。すべてが厭《いと》わしくなった。いっそのこと自殺しようかと思ったほど。そんな時よ、昭彦と出会ったのは……」

春子は昭彦の方を見た。その瞳にたとえようもない哀しみの色が見えた。

「彼はとても無口だけど、話してみると面白い人よ。わたしは初めて男の人と会っていて肩肘張らずに呼吸ができるような気がしたの。この人なら、わたしの世界を変えてくれるかもしれない。そう思えたの。だから、好きになった。なのに、皮肉なものね。誰よりも心を通じ合えると思ったのも道理で、わたしたち実は姉弟だったのよ。

それがわかったのは、つい三ヵ月前だった。昭彦のお義父《と》さんが亡くなったの。その臨終に立ち会った昭彦は、初めて自分が島田家の本当の子供でないことを知らされたんですって。彼の本当の父親は加島楽器社長の加島清隆《きよたか》。そして母親は尼子信子。島田家は尼子家にいた使用人の縁続きだったの。それで不義の子である昭彦をひそかに産み落とした母は、その子を島田家に預けたわけ。もちろん、それなりの養育費と一緒にね。大学に推薦入学ができたのも、母が父を通して手をまわしたからだって。その話を聞いた時、昭彦は泣いたんだって。自分が実の子ではなかったからではなくて、他ならぬわたしの父違いの弟だったということを知ったから。わたしたちは愛し合っていた。でも、その日を境に地獄の中に真っ逆様だったわ」

「それで、お母さんを?」

俊介が震える声で尋ねた。春子は頷いた。

「あの人は、自分勝手に子供を産んで、あたりかまわず捨ててきたのよ。そして今でも楽な暮らしをしながら、導師なんていい加減な男にうつつを抜かしている。その姿を見ているうちに、私は我慢できなくなったの。あんな人間には、罰を与えるべきだわ」

「計画は、どう立てたのかね?」

私は思わず口を挟んでしまった。春子は睨むように私を見たが、答えてくれた。

「わたしの方でも導師に気のある素振りをしてみせました。そしたらあの人は簡単にあの計画の話をしてくれたんです。これで足がかりを作ってちゃんとした教団を設立できたら、わたしと結婚して巫女にしたいって言ってた。たぶん、それも手口のひとつなんでしょう。教団ができたら母を捨てて、わたしに乗り換えるつもりでいたんだと思います。

後は俊介君が推理した通り。電圧増幅は研究室から持ち出したトランスを使ったわ。八時すぎに母の部屋に行って、居眠りしているのを確認して、内側のドアの把手に電極を少し離してふたつ、貼りつけたんです。
仕掛けをした後で、ドアの外から母を呼びました。起きた母がドアノブをつかむと、母の掌を通してふたつの電極の間に高圧電流が流れて、母は倒れました。即死だったわ。ただひとつ誤算だったのは、掌にずいぶん大きな電撃傷ができてしまったことでした。このままでは死因が簡単に突き止められてしまう。それで蠟燭を使って、火傷を誤魔化しました。うまくいったと自画自賛していたのだけど、駄目だったわね。

裏側の月光亭の床に母の死体を張りつけた後、わたしたちは音楽室に行ったわ。心配だったのは月光亭が反転する前に導師が行って母の死体を見つけたりしないかどうか、ということだったけど、導師はあの時には屋敷の父の部屋に隠れて食事していたわ。菜食なんて嘘もいいとこ。彼は隠れて肉を食べていたのよ。

十一時になって導師は月光亭に入った。そして父の手筈で停電が起きて、みんなが眼を逸らしている間に月光亭がまた反転した。わたしだけはみんなにわからないように隠れながら、月光亭をずっと見張っていたのよ。裏返って地下に降りた月光亭から、導師は窓を開けて脱出する。そして抜け道を通り、音楽室に貼り紙をして、再び抜け道に戻る。導師はそこで一晩明かして、翌朝出てくる予定だった。そこでわたしは、茶室の方の出口で待ち構えて——」

「違う」

そう叫んだのは、昭彦だった。

「導師を殺したのは、僕だ！」

「昭彦！　だめ！」

春子が昭彦に飛びついた。彼を黙らせようと、しっかり抱き締めた。昭彦も、春子の体を腕の中に包んだ。

「いいんだよ、春子さん。もういいんだ。僕だって自分のやったことはわかってる。姉さんばかりに罪を背負わせない……」

「昭彦……」

ふたりはひとつの彫像のように抱き合ったまま、動かなかった。私も俊介も警部も、その姿を黙って見つめるほかはなかった。

春子の胸に抱かれたまま、昭彦は言った。

「導師の死体は、茶室側の抜け道の下だよ」

「あそこに、埋めたのかね？」

春子の腕から覗いている昭彦の頭が、こくん、と頷いた。

その時、

「だめだ!!」

と叫んで俊介がふたりに体当たりした。

「……！」

春子と昭彦は不意をつかれて倒れた。春子の手から、小さな薬瓶が転がり出た。

「だめだよ、春子さんも昭彦さんも、死んじゃ、だめだ！」

薬瓶を手にした俊介が怒鳴った。本気で怒っているようだった。

「もうふたりとも、たくさん人を殺したじゃない。これ以上、殺しちゃだめだよ！　僕、生きてほしいもの。みんなに生きてほしいんだよ！」

声が嗄《か》れるほどに、俊介は怒鳴った。顔を真っ赤にして、なりふりかまわずにふたりの大人に怒りをぶつけていた。

春子と昭彦は茫然として俊介を見つめていたが、やがてゆっくり起き上がった。

「負けね……」

春子が言った。何か憑《つ》きものが落ちたような、そんな表情を浮かべていた。

私は俊介の肩に手を置いた。彼は私の胸にすがって顔を埋めた。そして今度は、静かに泣き始めた。

ジャンヌが心配そうに、わたしたちを見つめていた。

終章

最終列車は午後九時四十五分発だった。

私は窓から弁当と蜜柑《みかん》、そして紙袋を渡した。

「これは石神さんに渡してくれ。健養堂のクッキーだ」

「ありがとうございます」

俊介は窓から顔を出して明るく言った。

「これは、あたしからの差し入れね」

アキが差し出したのは、「紅梅」の珈琲券であった。

「おい、こんなもの渡しても『紅梅』以外じゃ使えないだろ？」

私が言うと、アキは平然として言った。

「だからね、また来た時に使えばいいのよ」

彼女は身を乗り出して、俊介の頬に唇をあてた。

「いい？　絶対に、また来るのよ」

「……はい」

顔を真っ赤にした俊介は、恥ずかしそうに言った。そして思いついたように、

「野上さん、導師の死体、見つかったんですか？」

と尋ねた。

「ああ、昭彦の言った通り、抜け道の下から出てきた。信子さんを殺す時に使ったトランスと一緒にね。導師はそのトランスで頭を殴られていたそうだ。かなり重いものらしいな。……ところで、俊介君？」

「はい？」

「まだ、探偵をやりたいかね？」

俊介はすぐには答えなかった。

「今回の事件では、ずいぶん辛い思いをしたと思う。だが、探偵の仕事とはそうしたものなんだ。人の罪、人の哀しみを見据えて、時にはそれを暴き出さねばならない。傍で思うほど恰好のいい仕事でも、楽な仕事でもない。それでも、やりたいかね？」

俊介は、暫く考えているようだった。しかし、やがて訥々《とつとつ》と話し始めた。

「僕はまだわからないことが多くて、今度のことでも、春子さんが怪しいとかなり前からわかっていたのに、どうしても子供が親を殺すなんて信じられなくて、それであんなことになってしまいました。もう少し早く春子さんと話していれば、もっと早く事件は解決できたし、そう

すれば豊川さんも、滝田さんを殺さなくて済んだかもしれません……」

俊介にとって、今回の事件はやはり辛いものだったようだ。彼が抱えてしまった苦渋を思うと、私は簡単に彼を事件に引きずり込んでしまった責任を感じざるを得なかった。

「でも」

と俊介は決意を込めた表情になって、

「僕はもっと色々なことがわかる人間になって、春子さんや昭彦さんや豊川さんや滝田さんみたいに不幸になってしまう前に、みんなを救ってあげたいと思います。そのためにも、僕は探偵をやりたいです」

「立派だわ、俊介君」

とアキが言った。少しばかり涙声になっていた。

「これはやっぱり、また野上さんの所に来てもらわなきゃ。そして野上さんに毎日爪の垢《あか》を煎《せん》じて飲ませてあげてよ」

「おいおい、ひどいことを言ってくれるなあ……」

私は言いながらも、内心はとても嬉しかった。

「じゃ、俊介君、本当にまたおいで。いつでも歓迎するからね」

私はそう言って手を差し出した。俊介は私の手をしっかり握ってくれた。

「はい、必ず」

「鞄の中にいるジャンヌにもよろしく。列車に乗っている間はおとなしくしているように言っておきなさい」

「大丈夫、ジャンヌは僕のことなら何でもわかってますから」

やがてベルが鳴り、列車は動き始めた。

「アキさん!」

動き出した列車の窓から身を乗り出して、俊介が叫んだ。

「え? なあに?」

「野上さん、とっても鈍いから、はっきり言わないと駄目だよ!」

その声を最後に、俊介を乗せた列車はホームを離れた。

「あいつ、最後に何を言ったんだ?」

私はアキに尋ねた。

「さあね、野上さん鈍いそうだから、言ってもきっとわからないわ」

「ひどいなあ……」

たしかに私は鈍かったのかもしれない。何も言わないアキにあのことを問いただすべきかどうか、私はまだ逡巡していた。

「なあ、アキ……」

「え?」

「滝田とは、どういう関係だったんだ?」

アキは立ち止まった。

「滝田の葬儀に君も来てたね？　親戚か何かだったのかな？」

「母方のね、伯父さんにあたるのかな」

アキは振り返らないで話していた。

「あんまり親しくはなかったけど、時々お母さんと一緒に会って、愚痴を聞かされてたのよ」

「じゃあ、豊川家について君が教えてくれた情報は……」

「そう、滝田の伯父さんに教えてもらったことよ。あの人ねえ、本当に豊川家の行く末を心配していたわ。『先代は立派な方だった。今のご主人も先代を見習ってほしいものだ』って会うたびに言ってたもの……。昔気質《かたぎ》だったのよね。だから、決して豊川寛治を恐喝したとか、そういうことではないの。ただ、由緒ある豊川家を守りたかっただけなのよ」

「それは、わかっているよ。滝田さんは決して悪意をもって寛治を脅したのではない」

「ありがと、野上さん……」

アキはそう言って振り返った。少し眼を赤くしていたが、いつもと変わらぬ元気な娘がそこにいた。

「それよりかさあ、報酬ほしいんだけど」

「報酬？」

「探偵手伝ってあげたでしょ？　今度の事件は、あたしが手鞠唄教えてあげなかったら解決できなかったのよ」

「それは感謝しているが……、報酬というと、いくらくらいだ？　なにせ依頼人が死んでしまったんで、今回の事件は金にならなかったんだ」

「そうねえ……とりあえずお買物につきあってもらうわ。いいでしょ?」

女性の買物につきあうのは大の苦手である。だが、今回ばかりは抵抗できまい。

「わかったよ。つきあいましょう。それで、何を買うのかね?」

「そうね、まずネクタイかな」

「ネクタイ?」

「前々から思っていたの。野上さんの趣味って、最低よ。あたしがいいの選んであげるから。

さあ、行きましょ」

アキはそう言うと、さっさと歩き出した。

ぼくらは、こういう推理小説を待ってるんです！

はやみねかおる

どうも、児童向け推理小説書きの、はやみねかおるです。

このたび、創元推理文庫版『月光亭事件』の解説を書かせていただくことになりました。

「おもしろい推理小説を読んだ余韻《よいん》に浸ってるんだ。解説とも言えないような感想文なんか、読みたくねぇ」という方もいるでしょうが、少しばかりおつきあいください。

☆

最初に、思い出話を——。

ぼくが初めて『月光亭事件』を読んだのは、一九九一年。トクマ・ノベルズから出た初版です。

そして、その本には、太田忠司先生のサインが入ってます！（自慢、自慢！）

太田先生の作品は、それまでにも読んでました。

一番最初に読んだのは、ぼくが高校生の時、『ショートショートランド』という雑誌の創刊号に載っていた『帰郷』という作品です。(ちなみに、この『ショートショートランド』もサイン入りです。フフフ……)

その後、『僕の殺人』、『美奈の殺人』、『昨日の殺人』と読み進め、本格要素だけでなく〝優しさ〟のあふれる物語に、すっかり太田先生の作品が好きになってしまいました。

そして、決定的に太田作品のファンになったのは、この『月光亭事件』がきっかけかもしれません。

☆

あの頃のぼくは、こういう推理小説を待っていたんです。

主人公の狩野俊介君——推理力抜群の少年探偵です。登場したときから、鋭い推理で驚かせてくれました。

やっぱり推理小説には、推理力抜群の名探偵が必要ですよね。

ただ、この主人公は、物語の途中から事件の推理について、あまり話さなくなります。その理由が、とても納得できる理由です。

推理小説を読んでいて、

「なんで探偵は、みんなが殺される(下手したら、犯人も死ぬ)まで謎解きしないんだよ！」

という不満を持ったことがあるのは、ぼくだけじゃないでしょう。それに対して、

「今は、まだ推理を言う時期じゃない」

と、探偵はあまり納得できない理由を言います。

しかし、この本に書かれてる〝探偵が途中で推理を披露しない理由〟は、とても納得できるものです。

事件が起こるのは、『月光亭』という名前の建物。いかにも何かが起きそうな雰囲気があるじゃないですか。名探偵が活躍する舞台として、申し分ないと思います。

事件関係者も、横溝正史《よこみぞせいし》的なドロドロさではありませんが、複雑な人間関係を持っています。

（双子も出てきます、双子も！）

他にも、磔《はりつけ》にされた死体、手鞠唄《てまりうた》、素性の知れない「導師」、名前の謎……。たくさんの小ネタが鏤《ちりば》められています。

そして、密室からの消失！

それらをささえる、大きなトリックに小さなトリック。

全てが解決したら、納得して本を閉じることができる幸せ。

もう、本格推理小説ファンなら、お腹一杯になる本です。

そう、ぼくは、こういう推理小説を待っていたのです。

☆

以前、ぼくは小学校の先生をしていました。

子どもたちに、推理小説のおもしろさを知ってほしくて、たくさんの話をしました。

反応は様々でしたが、

「推理小説は、人が死ぬ話だから怖い」

という声が多かったです。

そんな子どもたちには、〝日常の謎〟系の話を紹介したり、

「人が死んでも怖くない推理小説もあるんだよ」

と、太田先生の作品を紹介したりしました。

子どもたちの反応は、好評でした。

でも、なぜ太田先生の推理小説は、人が死んでも子どもたちは受け入れることができたのでしょうか？

おそらく、子どもたちは、太田作品に流れる〝優しさ〟を読み取っていたからだと思います。

☆

一九九七年、ぼくは太田先生と対談させていただきました。

ちなみに、初めて会ったプロ作家は太田忠司先生です。一番始めに太田先生とお話ができたのは、ぼくの作家人生において、とても運の良かったことだと思います。

『月光亭事件』や『ショートショートランド』は、対談が終わったときにサインしていただきました。（本当は、本棚にあった太田先生の本を全部持って行ったのですが、厚かましいぼくでも、さすがに全ての本にサインをお願いすることはできませんでした）

対談の中で、太田先生は言われました。

「ぼくは、紙の上のこととはいえ、人を殺している。だから、名探偵がパッと出てきて謎を解くだけのミステリはたえられない」

紙の上とはいえ、人を殺すことの重さ。――推理小説を書く上で、とても大切なことを教えてもらえました。

人を殺すということを、太田先生はとても深く考えている。物語を進めたり雰囲気を作るために人を殺したりしない。そのため、作品に優しさが出てくるのだと、ぼくは思いました。

だから、「人が死ぬ話は怖い」と言っていた子どもも、太田先生の作品は読むことができるんです。

そして、気づきました。

こういう推理小説を待っていたのは、ぼくだけじゃなかったってことに――。

☆

太田先生は、子ども向けの作品も書かれています。講談社ミステリーランドから出ている一冊『黄金蝶ひとり』です。

この本は、子どもたちが読んだ本の中から選ぶ「うつのみやこども賞」を受賞しています。

このことからも、子どもたちが太田作品を支持してることがわかります。

つまり、ぼくら大人だけでなく子どもたちも、太田先生が書かれる物語を待っていたんです。

☆

登場人物について、少し書かせてください。

最近は、作家になりたいという子どもが多く、よくこんな質問を受けます。

「登場人物は、どうやって考えるのですか？」

その答えは、本書を読めばわかるような気がします。

俊介君にしても野上さんにしても、みんな過去の歴史を持っています。今までにどんな人と会い、どんなことを考え、どんな生活をしてきたか——それらがきっちりとできあがってるから、登場人物に、とてもリアリティがあります。

生きてきた歴史をちゃんと持ってるから、登場人物の言葉に深みがあります。

『月光亭事件』を読んでから、ぼくも登場人物と話をして、どんな人生を送ってきたかを知ってから、物語に出てもらうようにしています。

それにしても、俊介君と野上さんの関係は、羨ましいというか格好いいというか……。

野上さんが石上《いしがみ》法全《ほうぜん》探偵事務所の扉を叩いたのが二十歳の時。それから四半世紀助手を務めたと書いてあります。

ということは、野上さんは四十半ば。ぼくと同じ年代です。

狩野俊介君は、十二歳。ぼくの息子と同い年です。

……いや、それだけの話なんですけどね。野上さんと俊介君の会話が格好良かったので、なんだか羨ましくなって……。

酒を飲んで帰りが遅くなった野上さんを、俊介君が待ってるシーン。その後の、二人の会話。

——親父として、教えられますね。

野上さんのように、子どもに対してきちんと向き合える大人になりたいなと思いました。

☆

最後に、楽しみなことと不安なことを——。

前者は、イラストについてです。ぼくの中で狩野俊介君は、末次徹朗さんや大塚あきらさんの絵でイメージが作られています。創元推理文庫版では、どんな新しい俊介君に会わせてくれるのでしょうか。

心配なことは、この解説原稿の出来具合です。

解説を書くように連絡をくださった東京創元社の古市さんは、『月光亭事件』にたいへんな思い入れをお持ちです。初めて行った神田三省堂にて、お小遣いをはたいて『月光亭事件』を買い求め、読み返しすぎてボロボロにしてしまったというメールを読み、「下手な解説は書けない！」と気合いが入りました。

古市さんの愛に負けないように書いたつもりです。

☆

今後、狩野俊介シリーズ初期五作が、次々と創元推理文庫に入ると聞いてます。

読者の皆様と一緒に、楽しみに待ちたいと思います。

では！

Good Night, And Have A Nice Dream.

本書は一九九一年、徳間書店より刊行され、九六年徳間文庫に収録された。

検　印
廃　止

著者紹介　1959年愛知県生まれ。81年，「帰郷」が星新一ショートショート・コンテストで優秀作に選ばれた後，90年に長編『僕の殺人』で本格的なデビューを果たす。狩野俊介，霞田兄妹など人気シリーズを多数創造。著作に『月読』『甘栗と金貨とエルム』『奇談蒐集家』『まいなす』ほか多数。

月光亭事件

2009年6月30日　初版

著　者　太《おお》田《た》忠《ただ》司《し》

発行所　（株）東京創元社
代表者　長谷川晋一

162-0814/東京都新宿区新小川町1-5
電　話　03・3268・8231-営業部
　　　　03・3268・8204-編集部
URL　http://www.tsogen.co.jp
振　替　00160-9-1565
フォレスト・本間製本

乱丁・落丁本は，ご面倒ですが小社までご送付ください。送料小社負担にてお取替えいたします。

ISBN 978-4-488-49001-0　C0193

Ellery Queen

エラリー・クイーン（米　リー　一九〇五―一九七一／ダネイ　一九〇五―一九八二）

マンフレッド・リーとフレデリック・ダネイのいとこ同士の合同ペンネーム。一九二九年『ローマ帽子の謎』で、作者と同名の名探偵**エラリー・クイーン**を創造してデビュー。三二年からはバーナビー・ロス名義で、引退したシェークスピア俳優**ドルリー・レーン**の『**Xの悲劇**』をはじめとする四部作を発表。二人二役を演じた。謎解き推理小説を確立した本格派の雄。

Xの悲劇
エラリー・クイーン
鮎川信夫訳
〈本格〉

ニューヨークの電車の中で起きた奇怪な殺人事件。恐るべきニコチン毒針を無数にさしたコルク玉という凶器が使われたのだ。この密室犯罪の容疑者は大勢いるが、聾者の探偵、かつての名優ドルリー・レーンの捜査は、着々とあざやかに進められる。〝読者よ、すべての手がかりは与えられた。犯人は誰か？〟と有名な挑戦をする、本格中の本格。

10401-6

Yの悲劇
エラリー・クイーン
鮎川信夫訳
〈本格〉

行方不明をつたえられた富豪ヨーク・ハッターの死体がニューヨークの湾口に揚がった。死因は毒物死で、その後、病毒遺伝の一族のあいだに、目をおおう惨劇がくり返される。名探偵レーンの推理では、あり得ない人物が犯人なのだが……。ロス名義で発表した四部作の中でも、周到な伏線と、明晰な解明の論理が読者を魅了する古典的名作。

10402-3

Zの悲劇
エラリー・クイーン
鮎川信夫訳
〈本格〉

政界のボスとして著名な上院議員の、まだ生温かい死体には、ナイフが柄まで刺さっていた。被害者のまわりには多くの政敵と怪しげな人物がひしめき、所有物の中から出てきた一通の手紙には、恐ろしい脅迫の言葉と、謎のZの文字が並べてあった。錯綜した二つの事件の渦中にとび込むのは、サム警部の美しい娘のパティと、レーンの名コンビ。

10403-0

レーン最後の事件
エラリー・クイーン
鮎川信夫訳
〈本格〉

サム警部のもとに現われた七色のひげの男が預けていった手紙の謎は？　シェークスピアの古文書をめぐる学者たちの争いは、やがて発展して、美人のペーシェンスを窮地におとし入れ、聾者の名探偵レーンをまきこむ。謎また謎の不思議な事件続き。失踪した警官の運命は？　ロス名義の名作四編の最後をかざるドルリー・レーン最後の名推理。

10404-7

ローマ帽子の謎

エラリー・クイーン
井上 勇 訳

〈本格〉

衆人環視の劇場の中で、突然、死体となって発見された、正装の弁護士。シルクハットが紛失していることを唯一の手掛りに、苦心惨憺たるエラリーの活躍がはじまる。その名前を一躍、推理小説界のスターダムに押しあげて、ヴァン・ダインと名声をきそわせるにいたった処女作。さすがエラリーの推理は、後日あるを思わせる本格推理の名編。

10405-4

フランス白粉の謎

エラリー・クイーン
井上 勇 訳

〈本格〉

エラリー・クイーンの地位を確固不動のものにした、その第二作。ニューヨーク五番街の大百貨店〝フレンチス〟の飾り窓から忽然と転がり出た婦人の死体をめぐり、背後に暗躍する麻薬ギャングと知恵比べを演じるエラリーの会心の名推理。わずか数粒の〈白粉〉と、棒紅のなかからころがり出たヘロインの〈白い粒〉の謎の真相は、一体何か？

10406-1

オランダ靴の謎

エラリー・クイーン
井上 勇 訳

〈本格〉

オランダ記念病院の手術台にのせられた百万長者の老婦人は、白布をめくると、すでに針金で絞殺されていた。犯人は病院の中にいる？ エラリーを前にして、第二の殺人がおこった。作者が典型的なフェアプレイで、あらゆる手がかりを与え、読者に挑戦した本格作品。数学のように整然とした論理的構成は、クイーンならではの醍醐味である。

10407-8

ギリシア棺の謎

エラリー・クイーン
井上 勇 訳

〈本格〉

ニューヨークのどまん中に残された、古い墓地の地下室から発見された二つの死体。その謎を追うエラリーは、一度、二度、三度までも犯人に裏をかかれて苦汁をなめるが、ついに四度目、彼の目が光った。大学を出てまもないエラリーは読者に先んじて勝利を得るだろうか？ クイーン最大の長編で、古今有数の名編であり、本邦初の全訳である。

10408-5

エジプト十字架の謎

エラリー・クイーン
井上 勇 訳

〈本格〉

Tの字形のエジプト十字架に、次々とはりつけにされてゆく小学校校長、百万長者、スポーツマン、未知の男！ その秘密を知るものは死者だけである。ついにさじを投げたと思われたエラリーの目が、突然輝いた。近代のあらゆる快速交通機関を利用して、スリル満点の犯人の追跡がくり広げられる。読者と作者との激しい謎解き戦はどうなるか？

10409-2

アメリカ銃の謎

エラリー・クイーン
井上 勇 訳

〈本格〉

四十人の騎手を従え、二万人の観衆の歓呼の声浴びて、さっそうとおどり出たロデオのスター、たちまちおこる銃声と硝煙の乱舞の中で、煙とともに消えた生命。ありあまる凶器のなかから、真の凶器が発見されない謎を、エラリーはいかにして解くだろうか。ニューヨークのどまん中に西部劇を持ちこんだ非凡な着想に読者は魅了されることだろう。

10410-8

エラリー・クイーン
井上　勇　訳

シャム双子の謎

〈本格〉

古いインディアン部落を背景に、異様な境遇をもったふたりの人物を登場させて、怪奇な殺人物語が展開される。エラリーの長い犯罪捜査の経験の中で、官憲の手をかりず、独力快刀乱麻を断った最初の事件。刑事も、指紋係も、検屍官も登場しない。エラリーの〝国名連作〟の中で珍重すべき一編である。意外なあと味の良さも定評のある作品。

10411-5

エラリー・クイーン
井上　勇　訳

チャイナ橙《だいだい》の謎

〈本格〉

宝石と切手収集家として著名な出版業者の待合室で殺された、身元不明の男。被害者の着衣をはじめ、あらゆるものが、〝さかさま〟の謎。〈ニューヨーク・タイムズ〉がクイーンの最大傑作と激賞したが、読者の判定はどうか？　クイーンが作りあげた密室殺人事件の卓抜な着想は、数多ある作品中でも、特異の地位を占めるものとして人気がある。

10412-2

エラリー・クイーン
井上　勇　訳

スペイン岬の謎

〈本格〉

スペイン岬と呼ばれる花崗岩塊の突端にある別荘の海辺で発見されたジゴロの裸の死体。この家には、いずれも一癖ある客が招待され、三人の未知の人物が加わっていたらしい。被害者はなぜ裸になっていたのか？　魅惑的で、常軌を逸していて、不可解な謎だらけの事件——と作者が自讃するこの難事件に対決するエラリーの精緻きわまる名推理！

10413-9

エラリー・クイーン
井上　勇　訳

ニッポン樫鳥の謎

〈本格〉

東京帝国大学教授の令嬢ふたりが、時を同じくして不可解な〝自殺〟をとげた。しかも妹は流行の花形作家。ニューヨークの心臓部に近い日本庭園のなかをかけめぐる〝かしどり〟は、どんな秘密をついばんでいたのか？　ノーベル賞受賞の医学者とエラリーがしのぎをけずる知恵くらべは、犯罪の背景が東京にあるだけに、日本の読者向きである。

10414-6

エラリー・クイーン
井上　勇　訳

エラリー・クイーンの冒険

〈本格〉

長編の名手エラリー・クイーンは、同時に短編の名手でもある。「アフリカ旅商人の冒険」「首つりアクロバットの冒険」「一ペニイ黒切手の冒険」「ひげのある女の冒険」「三人のびっこの男の冒険」「見えない恋人の冒険」「チークのたばこ入れの冒険」「双頭の犬の冒険」「ガラスの丸天井付き時計の冒険」「七匹の黒猫の冒険」の十編を収録する。

10415-3

エラリー・クイーン
井上　勇　訳

エラリー・クイーンの新冒険

〈本格〉

堂々たる大邸宅が忽然と消失するという大トリックの中編「神の灯」をはじめとして、「宝捜しの冒険」「がらんどう竜の冒険」「暗黒の家の冒険」「血をふく肖像画の冒険」「人間が犬をかむ」「大穴」「正気にかえる」「トロイヤの馬」の全九編を収める。好青年エラリーの活躍譚は、ポオやドイルの伝統を受け継ぐ、本格短編の一大宝庫である。

10416-0

中途の家

エラリー・クイーン
井上　勇訳

〈本格〉

ニューヨークとフィラデルフィアの中間にあるあばら家で、正体不明の男が殺されていた。男は、いったいどっちの町の誰として殺されたのか？　二つの町には、それぞれ殺人の動機と機会を持った容疑者がいる。フィラデルフィアの若妻とニューヨークの人妻をまきこんだ旋風の中に颯爽と登場するエラリー。巨匠が自選ベスト3に選ぶ迫力編！

10417-7

悪魔の報復

エラリー・クイーン
青田　勝訳

〈本格〉

倒産した発電会社の社長ソリー・スペイスがハリウッドの屋敷で殺された。彼は倒産にもかかわらず私腹を肥やし、欺かれた共同経営者や一般投資家から深い恨みを買っていたばかりか、正義感の強い彼の息子もまた、父を憎んでいた。ハリウッドへ脚本を書くために訪れていたエラリー・クイーンの推理は、意外な真相に肉薄する。中期の力作。

10418-4

ハートの4

エラリー・クイーン
青田　勝訳

〈本格〉

エラリー・クイーンは映画脚本執筆のためハリウッドへとやって来たが、陽気な結婚騒ぎが冷酷きわまる二重殺人に転じるや、頭脳をフル回転させなくてはならない羽目となる。銀幕の名優、スクリーンの美女、気ちがいじみた宣伝部長や天才的プロデューサーなど、多彩な映画王国の面々がひしめくなか、エラリーが指摘した意外な真犯人とは？

10419-1

ドラゴンの歯

エラリー・クイーン
宇野利泰訳

〈本格〉

エラリー・クイーンはボー・ランメルという青年探偵と私立探偵社を経営することになった。そこへ現われた億万長者は、事件を依頼するとともに多額の契約金を払っていったが、ヨット上で謎の死をとげた。残された問題は二人の娘とその相続権であったが、巨万の富をめぐってまきおこる怪事件とは……。エラリーの推理が冴える謎ときの佳編。

10420-7

靴に棲《す》む老婆

（『生者と死者と』改題）

エラリー・クイーン
井上　勇訳

〈本格〉

靴作りで巨億の財をなして《靴の家》に住む、老婆と六人の子供たち。この一家に時代錯誤な決闘騒ぎが勃発、エラリーらの策も虚しく、事態は奇妙な殺人劇へと発展する。〝むかし、ばあさんおったとさ、靴のお家に住んでいた〟――マザーグースの童謡のままに展開する異様な物語！　ナンセンスな着想と精妙な論理が輝く、風変わりな名作。

10431-3

エラリー・クイーンの事件簿1

エラリー・クイーン
青田　勝訳

〈本格〉

エラリー・クイーンと推理作家志望のニッキー・ポーターの名推理。殺された〈健康の家〉の主人の死体が、いつのまにか石膏の像に変わっていた不思議な事件「消えた死体」と、中国帰りの腹話術師が殺され、イカサマ賭博師や怪しげな中国人、現場に残された謎のカード、宝石の行方と小道具を揃えた本格「ペントハウスの謎」を収録。本邦初訳。

10422-1

F・W・クロフツ（英 一八七九—一九五七）

Freeman Wills Crofts

土木技師見習をふり出しに鉄道の技術畑を歩いたが、四十歳の時、大病の後に**『樽』**を書き上げ、大成功を収めた。以来**フレンチ警部**（のちに首席警部から警視へと昇進している）をはじめとする努力型、凡人型の探偵の活動するアリバイ破りものに**『マギル卿最後の旅』**等、数多くの名作を残したほか、**『クロイドン発12時30分』**などのような倒叙ものの傑作がある。

F・W・クロフツ
大久保康雄 訳

樽《たる》

〈本格〉

ロンドンの波止場では汽船ブルフィンチ号の積荷おろしが始まった。ところが、四個の樽がつり索からはずれて、下に落ちてしまった。その樽の一つから、金貨と死人の手が現われたのだ！ 捜査はドーヴァー海峡をはさんで英仏両国にまたがり、探偵の精力的な活動が始まる。緻密冷酷な犯人をたどってアリバイ捜査の醍醐味を描く代表的傑作。

10601-0

F・W・クロフツ
井上　勇 訳

ポンスン事件

〈本格〉

ポンスン卿殺しの容疑者は三人いた。ミステリの愛読者は冒頭の一行のヒントから犯人を推定しだすだろう。しかし事件は後半にいたって三転四転し、読者を翻弄する。クロフツの独壇場であり、アリバイ崩しの妙技でもある。本格推理小説の醍醐味と重厚な謎ときのスリル！ タナー警部の執拗な捜査を描く本書は、待望の本邦初の完訳である！

10602-7

F・W・クロフツ
田中西二郎 訳

フレンチ警部最大の事件

〈本格〉

宝石商の支配人が殺害され、三万三千ポンドのダイヤモンドが金庫から消えた。金庫の鍵は二つしかなく、いずれも完全に保管してあり、合鍵をつくることは不可能なはずであった。ヤードの腕ききフレンチも、冒頭から疑わしい状況証拠だらけで、どれ一つ決め手になるものがないという、まさに警部にとって最大の難事件となったのである！

10604-1

F・W・クロフツ
大庭忠男 訳

スターヴェルの悲劇

〈本格〉

ヨークシャーの荒野に立つ陰気なスターヴェル屋敷が一夜にして焼け落ち、当主と召使夫婦の三人が焼死した。だが、この火災に疑問をいだき、犯罪のにおいをかぎ取った銀行支配人の発言をきっかけに、フレンチ警部の捜査が開始される。事故だったのか、それとも殺人・放火といったいまわしい犯罪なのか？ クロフツ初期を代表する長編傑作。

10630-0

フレンチ警部と紫色の鎌

F・W・クロフツ
井上　勇訳

〈本格〉

映画館の切符売りをしている娘がフレンチ警部のもとに助けを求めてやって来た。ふとしたことから賭け事に深入りして大きな借りをつくり、怪しげな提案をのまざるを得なくなったというのだ。ところが、相手の男の手首に鎌のような紫色の傷跡をみたとき、変死した知り合いの娘の事が思い出された……。切符売り子の連続怪死事件の謎は？

10607-2

マギル卿最後の旅

F・W・クロフツ
橋本福夫訳

〈本格〉

ロンドンの富豪マギル卿は息子の工場へ出向くといって邸を出たまま、消息を絶ってしまった。北アイルランド警察の捜査では卿の帽子が見つかっただけだった。フレンチ警部がのり出すと、事件はその様相を一変してしまった。マギル卿の死体発見、そして容疑者の金城鉄壁のアリバイ！　クロフツの初期を飾る、アリバイ破りの代表作の一つ。

10608-9

英仏海峡の謎

F・W・クロフツ
井上　勇訳

〈本格〉

ドーヴァー海峡のただ中を漂流するヨットの中には、この日、倒産した証券会社の社長と副社長の死体がころがっていた。いっぽう、会社からは百五十万ポンドの現金が紛失し、社の重役は悉く行方不明。犯人は証拠の示すところによれば、ヨットから大海へ忽然と姿を消したままだった。さすがのフレンチ警部の顔にも焦燥の色が浮かぶが……。

10609-6

死の鉄路

F・W・クロフツ
中山善之訳

〈本格〉

「停止！　停止！　線路上に何かある！」だが複線化工事に従事する見習技師パリーの乗った機関車が停まったときには、すでに黒い塊を轢いたあとだった。そしてそれは、パリーの上司の無残な死体だったのだ……。翌朝の検死審問では事故死の評決が下されるが、フレンチが捜査に乗り出すや、事件の様相は一変した！　そして第二の悲劇が。

10627-0

ホッグズ・バックの怪事件

F・W・クロフツ
大庭忠男訳

〈本格〉

イングランドの町で引退した医師が失踪した。三分ほど前には、くつろいで新聞を読んでいる姿を妻が見ているというのに。誘拐か？　それとも数日前、彼が密かに会っていた女性と駈落ちしたのだろうか？　彼が書いていた原稿とは何か……？　そしてまた失踪者が一人……。フレンチ警部が64の手がかりをあげて連続失踪事件の真相を解明する。

10626-3

クロイドン発12時30分

F・W・クロフツ
大久保康雄訳

〈倒叙推理〉

クロイドン飛行場を飛びたったパリ行きの旅客機が着陸したとき、乗客の一人、金持のアンドリュウ老人は息をひきとっていた。この事件から一転して、作者は犯人の眼をとおし、犯行の計画と遂行の過程をまざまざと示してくれる。犯人の用意したアリバイと犯行の手段は、まったく人工のあとをとどめない。倒叙推理小説の世界的傑作である。

10611-9

シグニット号の死

F・W・クロフツ
中山善之訳

〈本格〉

船室は密室状態だった。ベッド脇のテーブルには、塩酸入りのデカンターと大理石の入ったボウルが載っていた。そしてベッドでは船の持ち主、証券業界の大物が死んでいた。死因は大理石の酸化で発生した炭酸ガスによる中毒。自殺か？ 首席警部フレンチの入念な捜査の結果、自殺の線が濃厚になった。だが……。クロフツ中期を代表する力作！

10629-4

フレンチ警部の多忙な休暇

F・W・クロフツ
中村能三訳

〈本格〉

旅行社の社員モリソンは、ある男からイギリス列島巡航の観光船の事業計画を聞かされ協力することになった。やがて賭博室を設けた観光船エレニーク号がアイルランド沿岸の名所めぐりを開始した。しかし穏やかな航海は事件の発生により終わりを告げる。モリソンが殺された船主を発見したのだ。事件捜査にフレンチ首席警部が名乗りをあげる。

10622-5

蜘蛛と蠅

F・W・クロフツ
山口午良訳

〈本格〉

高利貸しアルバート・リーブは、実はゆすり稼業も兼ねていた。他人の秘密をかぎつけると冷酷無残、強硬な態度で〈お客さん〉をゆするのだ。彼は蜘蛛、お客さんはその網にかかった蠅で、目下三十七匹の蠅が彼の網の中でもがいていた。ゆする者とゆすられる者、複雑微妙なからみ合いの中に発生した殺人とそれに挑むフレンチ警部の活躍！

10614-0

クロフツ短編集1

F・W・クロフツ
向後英一訳

〈本格〉

狡猾な完全犯罪をたくらむ犯罪者や殺人鬼は、手口を偽装して現代警察の目を欺こうとする。一見、平凡な日常茶飯事や単純な事故の背後に、恐るべき犯罪が秘められている場合が少なくない。フレンチ警部のめざましい業績を描く珠玉の短編集。本巻には「床板上の殺人」「上げ潮」「自署」「シャンピニオン・パイ」など、全二十一編を収録する。

10619-5

クロフツ短編集2

F・W・クロフツ
井上勇訳

〈本格〉

前集に引きつづき、クロフツの数々の長編で活躍する、アリバイ破りの名手にして、足を使って推理する〈凡人探偵〉フレンチ警部のかがやかしい功績を描く短編集第二弾。「ペンバートン氏の頼まれごと」「グルーズの絵」「踏切り」「東の風」「小包」「ソルトバー・プライオリ事件」「上陸切符」など、本邦初訳の作品を多数含む八編を収録した。

10620-1

二人の妻をもつ男

パトリック・クェンティン
大久保康雄訳

〈本格〉

ビル・ハーディングは、現在C・J出版社の高級社員として社長の娘を妻に迎え、幸福な生活を送っていた。ところがある晩、偶然に前の妻、美人のアンジェリカに会った。このときからビルの生活には暗い影がさし始め、やがて生活は激変し、殺人事件にまきこまれていく。英米両国の全批評家が絶賛するほどの、新しき古典ともいうべき作品。

14701-3

パトリック・クェンティン
大久保康雄訳
わが子は殺人者
〈本格〉
三年前に妻が謎の自殺を遂げて以来、ジェークの生活はわびしいものとなった。夫からも息子からも愛されていた幸福な女が、なぜ自殺したのか？ しかも、今また、ひとり息子が恐ろしい事件に巻きこまれようとしている。横溢するサスペンス、緊密な構成、そして全編に流れる父性愛。名作『二人の妻をもつ男』と並ぶ、目眩く謎解き小説！
14703-7

ジャン＝クリストフ・グランジェ
平岡 敦訳
クリムゾン・リバー
〈サスペンス〉
山間の大学町で起きた連続猟奇殺人と別の町で起きた不可解な墓荒らし。死んだ少年はなぜ埋葬されてからも追われるのか？ まったく無関係に見える二つの事件を担当する二人の個性派警官の捜査が交差したところに浮かび上がるクリムゾン・リバーという謎の言葉。複雑なプロットと畳みかけるような展開で仏ミステリ界を席捲した大傑作！
21405-0

ジャン＝クリストフ・グランジェ
平岡 敦訳
コウノトリの道
〈サスペンス〉
秋にアフリカに渡り、春にはヨーロッパに帰るはずのコウノトリが、今年はかなりの数、帰らなかった。なぜか？ 東欧から中東、アフリカへとルート調査を続ける青年は、やがて凄惨な連続殺人事件に巻き込まれる。渡りの道に隠されていた真実とは何か？ 世界的ベストセラー『クリムゾン・リバー』のグランジェ、驚嘆のデビュー長編登場！
21406-7

ジャン＝クリストフ・グランジェ
高岡 真訳
狼の帝国
〈サスペンス〉
不可解な記憶障害に悩まされる、高級官僚夫人アンナは脳の生検を勧められていた。そして、彼女の住むパリで起きた、不法就労のトルコ人女性たちの猟奇的な連続惨殺事件。この二つが交錯するところに何が隠されているのか？ 世界的大ベストセラー『クリムゾン・リバー』のグランジェが、ふたたびフランスから世界のミステリ界を震撼する。
21407-4

デイヴィス・グラッブ
宮脇裕子訳
狩人の夜
〈サスペンス〉
大不況時代のオハイオ川流域。父を亡くした兄妹の前に現れた伝道師は、右手に「愛」、左手に「憎悪」の刺青をしていた。彼に心を許していく母と妹パール。そして、ジョンの悪夢が始まる。伝道師は狩人。獲物を手にするためには手段を選ばない。子供たちは追いつめられて……。映画化され、キングに多大な影響を与えた幻の傑作サスペンス！
23702-8

アン・クリーヴス
玉木亨訳
大鴉の啼く冬
〈本格〉
新年を迎えたシェトランド島の、凍てつく夜。黒髪と金髪の、二人の少女が孤独な老人マグナスを訪れる。だが、四日後の朝、黒髪のキャサリンが、大鴉の群れ飛ぶ雪原で殺される。ペレス警部が見いだした、八年前の少女失踪事件との奇妙な相似点。誰もが顔見知りの小さな町で、誰が、なぜ、彼女を殺したのか？ CWA最優秀長編賞受賞作。
24505-4